EVELYN BOYD

DEMONS OF LONDON

SCHÖNER WOHNEN MIT DÄMONEN

Überarbeitete Neuausgabe September 2021

© 2021 dp Verlag, ein Imprint der dp DIGITAL PUBLISHERS GmbH

Made in Stuttgart with ♥
Alle Rechte vorbehalten

Schöner wohnen mit Dämonen

ISBN 978-3-98637-218-7
E-Book-ISBN 978-3-98637-172-2

Covergestaltung: Jasmin Kreilmann
Umschlaggestaltung: ARTC.ore Design
Unter Verwendung von Abbildungen von
depositphotos.com: © slava_14, © boggy22
shutterstock.com: © Stephen Finn
freepik.com: © benevolente82, © rawpixel.com, © winwin.artlab
Lektorat: Janina Klinck
Satz: dp DIGITAL PUBLISHERS GmbH
Druck und Bindung: Books on Demand GmbH, Norderstedt

PROLOG

Der Mann kauerte auf dem kalten Steinboden. Er war am Ende seiner Kräfte und blickte teilnahmslos auf sein Blut hinab, das aus unzähligen kleinen Wunden auf den Boden tropfte. Sie hatten mit ihm gespielt, ihre Klauen immer wieder in sein Fleisch geschlagen. Aber das Spiel würde bald sein grausiges Ende finden. Er sehnte den Moment fast herbei.

Mehrere finstere Gestalten standen in einem Halbkreis um ihn herum und betrachteten ihn mit eisigen Blicken.

„Du bist armselig, Rupert. Hast du wirklich geglaubt, du könntest mit uns handeln?", fragte die sonore Stimme eines zwei Meter großen Hünen vor ihm. Er trug einen langen schwarzen Ledermantel, und sein schulterlanges Haar fiel ihm ins Gesicht.

Rupert hob mühsam den Kopf. Seine Stimme zitterte leicht. „Aber das war doch der Deal."

Sein Gegenüber lachte kalt. „Du bist anscheinend wirklich so dumm wie alle aus deiner Sippe. Es wird Zeit, dem Ganzen ein Ende zu setzen." Dann wandte sich der Mann einem seiner Gefährten zu. „Man gebe mir das Schwert."

Der Angesprochene verneigte sich kurz und reichte dem Wortführer ein goldenes Schwert. Es schien von innen heraus zu leuchten und ließ den dunklen Ort für einen Moment erstrahlen.

Rupert starrte fast ehrfürchtig auf das riesige Schwert, bis es herniedersauste und alles in ewige Finsternis hüllte.

KAPITEL 1

*Eine Reise ist ein vortreffliches Heilmittel für
verworrene Zustände.*
Franz Grillparzer

Dunkle Wolken türmten sich am Horizont auf. In der schwülen Spätsommerluft hing schon den ganzen Tag über der Hauch eines nahenden Gewitters. Die Luft in dem Zugabteil war allerdings noch erdrückender. Unruhig zwirbelte Aimée eine Strähne ihres Haares um ihren Zeigefinger, während sie angstvoll den Bahnsteig beobachtete. Bei jedem Halt beschleunigte sich ihr Herzschlag. Nun bestätigte sich ihre Befürchtung. Ihre kopflose Flucht aus dem herrschaftlichen Anwesen ihrer Familie in Buckinghamshire war nicht lange verborgen geblieben.

Als sie in Dorking in den Zug gestiegen war, hatte sie noch die Hoffnung gehabt, unentdeckt bis ins Zentrum von London zu gelangen, um dort im bunten Gewirr der Menschen und Geschäfte unterzutauchen, bis sich ihre Spur verlor. Aber Nathans Bodyguards hatten sie erstaunlich schnell aufgestöbert. Viel zu schnell. Als Aimée die beiden bulligen Männer einsteigen und durch den Waggon auf sich zukommen sah, griff sie ihre Tasche, kämpfte sich hastig einen Weg durch den vollen Waggon auf den hinteren Ausgang zu und verließ fluchtartig den Zug. Die Türen schlossen sich direkt hinter ihr, und die Bodyguards versuchten vergeblich, die Zugtüren noch einmal zu öffnen.

Manche Dinge lassen sich auch mit grober Gewalt nicht lösen, dachte Aimée und verkniff sich ein Lächeln.

Eilig lief sie über den Bahnsteig von Clapham Junction. „Verdammt", entfuhr es ihr, als sie hinter sich hörte, wie der Zug quietschend hielt. Ihre Verfolger hatten anscheinend die Notbremse gezogen. Vor dem Bahnhof stand kein einziges Taxi, und Aimée sprang in ihrer Verzweiflung einfach auf die Straße, um ein Auto zu stoppen. Sie riss die Beifahrertür auf und schrie den Fahrer panisch an: „Nehmen Sie mich bitte mit, Sir, es ist ein Notfall!"

Der Fahrer, ein älterer Herr mit rotem Gesicht, legte die Stirn in Falten. „Mädel, sag mal, bist du lebensmüde? Du kannst mir doch nicht einfach vors Auto springen!"

„Bitte, nehmen Sie mich mit. Ich gebe Ihnen zwanzig Pfund. Das ist fast alles, was ich habe, aber lassen Sie mich mitfahren."

Sie warf einen Blick über ihre Schulter und sah, wie ihre Verfolger aus dem Schatten des Bahnhofs kamen und auf die Straße liefen. Hastig zog sie ihr Portemonnaie aus ihrer Tasche und holte einige Pfundnoten heraus. „Bitte!"

Der Mann überlegte einen Augenblick und griff dann gierig nach den Scheinen. „Also gut, steig ein. Wohin willst du überhaupt?"

„Erst mal nur hier weg. Aber soweit wie möglich ins Zentrum."

„Ich fahre nur bis Brixton", erwiderte der Mann mürrisch. „Bis dahin kann ich dich mitnehmen. Von der

Brixton High Street solltest du gut weiterkommen. Wo immer du auch hinwillst."

„Okay, aber bitte fahren Sie endlich los."

„Ich hoffe, du hast nichts angestellt, Mädchen. Ich will keinen Ärger haben." Der Fahrer sah sie von der Seite kritisch an und gab Gas.

Aimée schüttelte den Kopf und schwieg. Das schien dem Mann nur recht, und der größte Teil der Fahrt verlief schweigend, bis der Fahrer einen Blick in den Rückspiegel warf und sagte: „Sieht so aus, als würde uns ein Wagen verfolgen. Ein blauer Bentley."

Hastig drehte Aimée sich um und entdeckte den Bentley, der in einigem Abstand hinter ihnen herfuhr. Wie waren ihre Verfolger nur so schnell an ein Auto gekommen? Aimée murmelte unsicher: „Vielleicht ist es nur Zufall, dass der Wagen hinter uns herfährt."

Unvermittelt bog der Fahrer in eine Seitenstraße ein, und vor einem schäbigen Häuserblock hielt er den Wagen plötzlich an. „So, Kleine, hier musst du raus."

„Aber warum schon hier? Wo sind wir überhaupt?" Panik ergriff Aimée. Dieser Typ wollte sie in dieser finsteren Gegend einfach aus dem Auto werfen! Mittlerweile hatte es heftig angefangen zu regnen. In der Ferne grollte Donner.

„Wir sind in Angell Town. Ich habe dir gesagt, ich bringe dich bis Brixton. Da sind wir. Bis zur Brixton High ist es nicht weit, und jetzt raus aus meinem Wagen! Ich habe gesagt, ich will keinen Ärger, und du riechst verdammt danach!"

Wenig später stand Aimée hilflos auf der Straße, und schon kurz darauf tauchte der Bentley auf. Aimée zögerte keine Sekunde und rannte los.

Das Sommergewitter entlud sich nun mit aller Kraft über der Stadt. Aimée lief eine gefühlte Ewigkeit kreuz und quer durch die dunklen Straßen, und als sie die Puste verließ, drückte sie sich völlig durchnässt in einen Türeingang. Ihre nassen Sachen klebten auf ihrer Haut und ihr war kalt. Zitternd verharrte Aimée einen Augenblick im Schatten und versuchte ihr wild klopfendes Herz zu beruhigen. Waren diese Kerle immer noch hinter ihr her? Vorsichtig spähte sie aus ihrem Versteck hervor. Für einen Moment wog sie sich in Sicherheit. Von ihren Verfolgern war nichts zu sehen. Die kleine, schmuddelige Einkaufsstraße war menschenleer, da die wenigen Geschäfte bereits geschlossen hatten.

Vielleicht sollte sie Mira anrufen und sie bitten, ihr zu helfen, überlegte Aimée. Doch schnell verwarf sie den Gedanken wieder. Sie durfte ihre Freundin nicht in Gefahr bringen. Sie wusste, zu welchen Methoden ihr Bruder Nathan zu greifen bereit war, wenn man sich seinen Plänen in den Weg stellte.

Aimée wusste nicht, wie es weitergehen sollte. An die Polizei konnte sie sich nicht wenden, das war ihr klar. Niemand würde ihr glauben, was sie im Kellergewölbe des Anwesens mit angesehen hatte. Man würde sie für verrückt erklären und zu ihrem Bruder zurückbringen. Immerhin war er ihr Vormund. Bis zu ihrem 18. Geburtstag dauerte es noch knapp vier Monate – erst dann wäre sie endlich frei. Bis dahin musste sie sich Nathans Zugriff entziehen.

Aimée seufzte. Sie zog ihr Smartphone aus der Tasche und wollte gerade mithilfe der Navi-Funktion den Weg zur Brixton High oder der nächstgelegenen Underground Station suchen, als der blaue Bentley erneut um die Ecke bog. Er fuhr im Schritttempo die Straße entlang. Aimée stockte der Atem, als der Wagen plötzlich hielt und ein Mann ausstieg. Sie erkannte eindeutig Matthew, einen von Nathans Schlägern.

„So ein scheiß Wetter", fluchte Matthew laut. „Bist du sicher, dass wir die Göre hier finden?"

Sein Kollege im Wagen hatte das Fenster heruntergekurbelt. Er knurrte: „Die Kleine muss hier irgendwo sein, such die Hauseingänge ab. Sie kann nur diese Straße entlanggelaufen sein."

Aimée wusste, dass man sie auf jeden Fall entdecken würde, wenn sie hier stehen blieb. Doch wenn sie jetzt ihre Deckung verließ, würde Matthew sie sofort erwischen.

In diesem Moment kamen mehrere Jugendliche die Straße entlang und blieben beim Bentley stehen.

„Na sieh mal, was wir hier haben", rief einer der Jungen. „Ihr habt euch wohl verfahren?"

„Nee, der Opa will uns seinen Schlitten schenken", lachte ein anderer. Er spuckte auf den Bordstein direkt vor Matthews Füße.

„Haut ab!", schnauzte Matthew.

„Mal langsam, Alter. Das hier ist unser Revier." Einer der Typen zückte ein Messer.

Es entstand ein Handgemenge. Nun stieg auch der zweite Mann aus. Aimée erkannte Calvin – und ihre Chance. Sie zog die Kapuze ihrer Jacke über den Kopf und rannte los. An der nächsten Kreuzung wandte sie sich nach rechts und entdeckte in einiger Entfernung eine schmale Gasse, durch die kein Auto passte. Sie hoffte, dass der Durchgang sie zur nächstgrößeren

Parallelstraße führte, was ihr einen entscheidenden Vorsprung verschaffen könnte, und rannte hinein. Doch der Weg entpuppte sich als Sackgasse.

„Oh, so ein Mist!", entfuhr es Aimée. Verzweiflung stieg in ihr auf. Sie musste wieder zurücklaufen und konnte nur hoffen, dass Matthew und Calvin immer noch mit der Gang beschäftigt waren.

Als sich Aimée umdrehte, entdeckte sie zu ihrer Rechten das verschmutzte Schaufenster eines kleinen Geschäfts. „Seltsam", murmelte Aimée. Sie konnte sich nicht entsinnen, den Laden auf ihrem Weg in die Gasse gesehen zu haben. Vielleicht konnte man ihr dort helfen. Immerhin brannte drinnen Licht. Über der Ladentür hing ein Schild: Artkis Ramschus – Trödel und mehr. Aimée zögerte einen Moment, dann öffnete sie die Tür und betrat den Trödelladen.

KAPITEL 2

*Ganz bestimmt gibt es Zauberer, aber wir lernen leider
nur die Lehrlinge kennen.*
Art van Rheyn

Der kleine Laden war vollgestopft mit allem möglichem Krempel. Deckenhohe Regale unterteilten das Geschäft in dunkle Nischen. Aimée entdeckte rostige Töpfe, Pfannen, Plastikteller, Puppenköpfe, diversen Porzellannippes und struppige Stofftiere. Die Luft roch staubig und abgestanden. Neben einem altmodischen Monster von Registrierkasse stand auf dem Verkaufstresen eine Leselampe, die den vorderen Teil des Ladens in ein funzeliges Licht tauchte. Auch hinter dem Verkaufstresen ragten dunkle Regale auf, in denen in Leder gebundene Bücher standen. Seitlich am Verkaufstresen fiel Aimée eine lebensgroße Schaufensterpuppe ins Auge, die in einen alten Frack gekleidet war. Hinter der Verkaufstheke stand eine weitere Figur. Diese sah aus wie eine Wachsfigur aus der Schreckenskammer von Madame Tussauds. Es war ein hagerer alter Mann mit fast schwarzen Augen und fahler Haut. Das graue Haar hing ihm wirr um sein Gesicht und gelbe schiefe Zähne verliehen seinem Lächeln etwas Bedrohliches. In diesem Moment verzog sich der Mund des Mannes noch etwas mehr, und Aimée erkannte mit Schrecken, dass dieser unheimliche Mann gar keine Puppe war!

„Herzlich willkommen in meinem bescheidenen Laden. Was kann ich für Sie tun, mein Fräulein?

Brauchen Sie vielleicht eine Küchenreibe oder einen Kamm? Ich hätte auch fast neuwertige Reisigbesen im Angebot", pries der Alte mit knarrender Stimme seine Waren an.

Aimée blickte in die Richtung, in die der Mann wies, und sah mehrere an die Wand gelehnte Besen stehen, die kaum noch Borsten hatten.

„Oder vielleicht etwas für die Schönheit?", fuhr der Verkäufer fort, ohne auf eine Antwort von Aimée zu warten.

„Nicht, dass Sie so etwas nötig hätten, aber vielleicht eine Tinktur, um ihre herrlichen Haare mit einem natürlichen Glanz zu versehen. Einem Schimmer, wie ihn nur die Sterne haben." Er schlurfte auf ein Regal zu und holte ein Tiegelchen hervor. Sorgfältig pustete er den Staub von dem Deckel und reichte ihr die kleine Dose.

„Ähm, nein danke. Ich brauche nichts dergleichen", fand Aimée ihre Worte wieder.

„Oh, wie gut für Sie, mein Fräulein. Was kann ich dann für Sie tun? Nun? Haben Sie eventuell Interesse an Keksen?"

„Nein, auch keine Kekse. Ich ... ich brauche Hilfe. Die Sache ist die ..." Aimée stockte und überlegte, wie sie dem wunderlichen Verkäufer ihre Situation erklären sollte.

„Hilfe? Soso!" Der alte Mann ergriff plötzlich ihre Hand und hielt sie für einen Moment fest. „Ah, ich sehe schon!" Er lächelte unergründlich. „Ich habe genau das Richtige für Sie." Er zog eine kleine Holzkiste unter dem Verkaufstresen hervor und wühlte darin herum. „Dies hier, nein, das! Das ist es!", rief er erfreut und legte ein blaues Puppenauge auf die Theke.

Aimée starrte verdutzt auf das Auge. *Der Typ ist verrückt*, schoss es ihr durch den Kopf.

Der alte Mann schüttelte energisch den Kopf, als hätte er ihre Gedanken gelesen, was natürlich unmöglich war. „Das ist ein starker Schutz. Genau das, was Sie brauchen. Nur 49 Pfund! Ein echtes Schnäppchen!"

„Ich fürchte, dieses Schnäppchen kann ich mir nicht leisten", erklärte Aimée wahrheitsgemäß und lächelte entschuldigend. Verrückte sollte man bekanntlich nicht reizen.

„Also etwas Günstigeres. Hm, mal überlegen. Ah, natürlich!" Er kicherte. „Es gibt eben nichts, was der alte Artkis nicht in seinem Laden hat." Damit zog er einen Besteckkasten aus einer Schublade, öffnete ihn und griff zielsicher nach einem kleinen Silberlöffel. Er reichte Aimée den Löffel und grinste. Sie nahm den Teelöffel verwirrt entgegen, und Artkis nickte zufrieden. „Ja, das ist es. Gratis und umsonst. Ein Geschenk des Hauses. Li-La-Löffelstiel, tanz herum, sieh nicht so viel!"

„Ah ja, danke. Ich werde damit jetzt immer meinen Tee umrühren", beteuerte Aimée.

„Tee umrühren? Quatsch, was reden Sie denn da? Tragen Sie den Löffel bei sich. Aber bedenken Sie: Löffel halten nur begrenzt. Augen sind besser."

„Da haben Sie sicherlich recht." Aimée steckte den Löffel gehorsam in ihre Tasche.

Die Klingel über der Eingangstür bimmelte, als ein weiterer Kunde den Laden betrat. Es war ein breitschultriger Typ in Trenchcoat und mit schwarzem Hut, den er tief in die Stirn gezogen hatte. Der Kunde war so groß und stämmig, dass Matthew und Calvin neben ihm wie Chorknaben ausgesehen hätten.

„Sie entschuldigen mich, mein Fräulein. Vielleicht möchten Sie sich noch ein wenig weiter umsehen." Artkis wandte sich dem neuen Kunden zu.

Aimée trat zu einem Regal und tat so, als würde sie sich interessiert eine Vasensammlung ansehen. Dabei lauschte sie der Unterhaltung, die Artkis Ramschus mit seinem Kunden führte. Dieser raunte mit tiefer Stimme: „Ich bin interessiert an Keksen."

Artkis nickte eifrig und zischte: „Dunkel ist die Nacht", woraufhin der Kunde erwiderte: „Ein Stern fällt schnell in der Nacht."

Daraufhin holte der alte Mann eines der Bücher aus dem Regal hinter sich und blätterte darin herum. Dann nahm er einen Notizzettel und schrieb etwas auf. Artkis reichte dem Kunden den Zettel, und dieser legte einen dicken Batzen Pfundnoten auf den Verkaufstresen.

Der Alte lächelte sein gruseliges Lächeln, und der Kunde sagte zufrieden: „Ich liebe Schokoladenkekse."

„Wissen ist Macht", erwiderte Artkis.

Scheinbar war nicht nur der Inhaber dieses Ladens komplett verrückt. Aimée entschied, dass es besser war, diesen Laden schnellstmöglich wieder zu verlassen. Hier würde sie ganz gewiss keine Hilfe bekommen. Sie stürmte ohne ein Wort des Abschieds zur Tür und trat in die kühle Abendluft. Der Regen hatte nachgelassen und war in einen feinen Nieselregen übergegangen, der so typisch für London war. Aimée atmete erleichtert auf. Dieser Tag würde es zwar definitiv nicht auf die Liste der besten Tage ihres Lebens schaffen, aber zumindest lag die schmale Gasse nach wie vor still und verlassen da. Von Matthew und Calvin war nichts zu sehen. Ob die beiden Bodyguards ihre Spur verloren hatten?

Sie wollte dem Frieden noch nicht so recht trauen, und schlich leise den Weg zurück, den sie gekommen war. Vorsichtig warf sie einen Blick um die Hausecke auf die Querstraße. Verärgert pustete sie sich eine Haarsträhne aus dem Gesicht. In einiger Entfernung stand der Bentley am Straßenrand geparkt und Matthew und Calvin liefen noch immer die Straße entlang. Sie wurde diese Typen einfach nicht los.

Aimée überlegte fieberhaft. Sollte sie zurückgehen? Sich so lange in dem Geschäft des kauzigen Artkis verstecken, bis Matthew und Calvin verschwunden waren?

In diesem Moment hörte sie Schritte hinter sich. Der bullige Kunde aus dem Laden kam die Gasse entlang. Gleich würde er bei ihr ankommen. Aimée fasste einen Entschluss. Er war ihre letzte Chance, ungesehen aus der Gasse zu entkommen. Aimée wandte sich um. „Sir, vielleicht könnten Sie mir helfen ...“

Doch der Fremde blieb nicht stehen. Er stieß Aimée so rüde zur Seite, dass sie hart gegen die Mauer prallte.

„Hey“, entfuhr es ihr ungewollt laut.

Der Mann bog nach links ab und blickte nicht zurück. Wütend rappelte sich Aimée wieder auf. Was für ein rücksichtsloser Kerl! Und vermutlich hatte sie durch ihren Aufschrei auch noch ihre Verfolger auf sich aufmerksam gemacht. Sie warf einen erneuten Blick auf die Querstraße, doch die beiden Bodyguards schienen sie nicht gehört zu haben. Sie standen mitten auf der Straße und diskutierten miteinander.

Dann habe ich wohl keine andere Chance, als mal wieder einen Sprint einzulegen, dachte Aimée. Sie wollte gerade loslaufen, als ihr Blick auf den Boden fiel. Dort lag ein kleiner gelber Zettel. Aimée bückte sich und hob das Notizblatt auf. Vermutlich war es dem unfreundlichen Typen bei ihrem Zusammenstoß aus der Tasche gefallen.

WG-Zimmer
Bayswater
27 Princes Square
Vermittlung durch
Artkis Ramschus

Ein WG-Zimmer? Das könnte die Antwort auf die Übernachtungsfrage sein. In einem Motelzimmer würde ihr Bruder sie sicherlich einfacher finden als in einem privaten WG-Zimmer. Vor allem weil ihre spärliche Barschaft kaum für ein Motelzimmer reichen dürfte.

Nun müsste sie nur noch ihre hartnäckigen Verfolger abschütteln und es zur nächsten Underground Station schaffen. Doch das erschien ihr mittlerweile fast unmöglich. Ganz davon abgesehen, dass sie kaum noch Kraft hatte, zu laufen. Einfach aufgeben wollte sie aber auf keinen Fall. Aimée stellte sich vor, was Nathan mit ihr anstellen würde, falls er sie wieder in die Finger bekam. Sie hatte keine andere Wahl. Aimée straffte die Schultern und lief los.

Sie rechnete fest damit, dass Matthew und Calvin sie sehen und hinter ihr herlaufen würden, oder wieder mit dem Wagen die Verfolgung aufnehmen und sie vermutlich schon an der nächsten Kreuzung stellen würden. In dieser geraden, hell beleuchteten Straße hatte Aimée so gut wie keine Chance, unentdeckt zu fliehen. Doch zu ihrer Verwunderung hörte sie weder Schritte noch aufheulendes Motorengeräusch. Aber sie blieb nicht stehen. Ihr Herz hämmerte gegen ihre Brust und ihr Atem ging stoßweise. Dennoch rannte sie weiter, immer weiter, bis sie endlich die Brixton High Street erreichte.

KAPITEL 3

Als Aimée in Bayswater die Tube verließ, hatte es endlich aufgehört zu regnen. Die Luft roch so frisch und klar, wie sie nur nach einem Gewitter riechen konnte. Hier auf dem Queensway war deutlich mehr los als in Angell Town. Obwohl mittlerweile auch die Pubs geschlossen hatten, liefen noch genug Passanten umher, um Aimée ein Gefühl von Sicherheit zu geben.

Der Princes Square war eine ruhige Seitenstraße mit herrschaftlichen Häusern im viktorianischen Stil. Aimée suchte nach der Nummer 27 und wurde schnell fündig.

Unschlüssig stand sie vor der weißen Fassade des Hauses. Es war deutlich schmaler als die anderen Häuser der Straße und erweckte den Eindruck, als hätte es sich ungefragt zwischen die bestehenden Häuser gequetscht wie ein überzähliger Fahrgast auf dem Rücksitz eines Autos. Die Tür wurde von zwei eleganten Säulen eingerahmt und hinter den Fenstern im oberen Stockwerk konnte man einen Lichtschein erahnen. Obwohl dieses Haus durchaus einladend wirkte, stellte sich ein ungutes Gefühl in Aimées Magengegend ein. Sie fühlte sich wie eine Hochstaplerin. Immerhin hatte sie sich unrechtmäßig in den Besitz dieser Adresse gebracht.

„Jetzt nur nicht nervös werden. Ich habe es bis hierher geschafft, dann schaffe ich den Rest auch noch. Atmen, einfach atmen", redete sich Aimée gut zu. Sie straffte die Schultern und trat entschlossen auf die Tür zu. Bevor sie es sich anders überlegen konnte, betätigte sie energisch den alten Türklopfer.

Es geschah nichts.

Im Haus war kein Laut zu hören und nach einigen Minuten des Wartens schüttelte Aimée resigniert den Kopf und murmelte: „Ach, was soll's. Es war sowieso eine blöde Idee." Sie wandte sich gerade zum Gehen, als die Haustür schwungvoll aufgerissen wurde.

Aimée öffnete den Mund, um den Text aufzusagen, den sie sich auf dem Weg hierher zurechtgelegt hatte, aber die Worte blieben ihr im Hals stecken. Sie starrte auf einen blond gelockten Knaben, der kaum älter als dreizehn oder vierzehn sein konnte. Er trug außer einer eng anliegenden weißen Shorts nichts am Leib. Er war schmächtig und seine blasse Haut hatte die Farbe von Sahne. Er erinnerte Aimée an eine griechische Statur aus dem Kunstunterricht.

Der Junge grinste sie schief an und lehnte sich lässig in den Türrahmen. „Na, Süße, was kann ich für dich tun?", fragte er mit einer vollen, tiefen Stimme, die sein jugendliches Aussehen Lügen strafte.

„Also ... zunächst einmal möchte ich mich entschuldigen, dass ich so spät noch klingle, aber ...", begann Aimée, vergaß jedoch, was sie sagen wollte, als sie die dicke kubanische Zigarre in der Hand des Jungen entdeckte.

Er führte die Zigarre zum Mund und nahm einen Zug. Dann blies er Aimée den Rauch entgegen.

„Aber?", fragte er und musterte Aimée unverhohlen von oben bis unten. Sein intensiver Blick löste Unbehagen in ihr aus.

Verlegen stammelte sie nur: „Ähm, darfst du überhaupt schon rauchen?"

„Soll das jetzt ' ne komische Anmache sein?"

Aimée wurde rot. „Nein, natürlich nicht. Ich, also … ich komme wegen dem WG-Zimmer."

Der Junge zog die Augenbrauen hoch. „Dem Zimmer? Von wem autorisiert?"

Umständlich kramte Aimée in ihrer Tasche und förderte den Notizzettel zutage. Sie überreichte ihn ihm.

„Oha!" Die Augenbrauen des Jünglings schossen noch mehr in die Höhe – sofern das überhaupt möglich war. Er fixierte Aimée erneut. „Wer hätte gedacht, dass der alte Artkis uns noch mal so ' ne heiße Schnecke schicken würde. Na, dann komm mal rein."

Mit gemischten Gefühlen betrat Aimée den Hausflur und folgte dem Jungen eine steile Holztreppe hinauf. Während sie hinter ihm herlief, fielen ihr zwei parallel verlaufende, lange Narben zwischen den Schulterblättern des Jungen auf. Eine Stimme in ihrem Inneren schrie förmlich: „Hier stimmt etwas nicht! Verschwinde, solange du noch kannst!"

Doch ihre Beine gingen wie von selbst die Stufen hoch, denn alles erschien Aimée besser, als sich zurück in die Fänge ihres Bruders zu begeben.

Im ersten Stock führte der Junge sie in eine geräumige Wohnküche, die ohne die Berge dreckigen Geschirrs in der Spüle und auf der Ablage deutlich gemütlicher gewirkt hätte. Auf dem Küchentisch standen eine Flasche schottischer Whisky und ein halb gefülltes Glas. Der Junge bedeutete Aimée, Platz zu nehmen. „Willst du auch einen Schluck? 16-jähriger Single Malt. Wir müssten hier irgendwo noch ein sauberes Glas haben." Er grinste sie an.

„Nein, danke", lehnte Aimée ab.

Der Junge zuckte die Schultern. „Du weißt nicht, was du verpasst. Cheers!" Er hob das Glas und nahm einen Schluck. „Ich bin übrigens George. Und wie ist dein Name?"

„Ich heiße Aimée", stellte sie sich vor.

„Amy?", fragte George nach.

„Nein. Aimée", korrigierte sie, indem sie das E in die Länge zog.

„Ach, das ist mir zu kompliziert. Da sage ich lieber ‚Süße', denn das passt ja auch super zu dir." George grinste sie erneut frech an.

Aimée hätte zu gerne gewusst, wie alt George wirklich war. Dass er nicht so jung sein konnte, wie sie zunächst gedacht hatte, war ihr mittlerweile klar. Doch sie verkniff sich die Frage nach seinem Alter. Stattdessen fragte sie: „Wer wohnt denn noch in dieser WG?"

„Ach, die anderen sind nicht wirklich von Bedeutung. Du wirst sie ja bald kennenlernen. Aber keine Angst, Chris, Cyrus und Frederic sind eigentlich ganz verträglich, wenn man sie zu nehmen weiß. Nur Jeremy ist ein echter Stimmungskiller. Der versaut jede Party." George lachte kehlig und trank sein Glas leer.

„Alles Männer?" Aimée wurde immer unbehaglicher. Sie spürte die Röte in ihr Gesicht ziehen.

„Klar Süße, wir sind 'ne reine Männer-WG. Na ja, nun wohl nicht mehr." Er warf ihr einen amüsierten Blick zu. George schien ihre Unsicherheit zu spüren.

„Du kannst übrigens schlafen, wo du willst. Nur nicht in Jeremys Zimmer, der ist so pingelig mit seinen Sachen. Aber sonst ... Du kannst auch gerne bei mir pennen. Ich bin da ganz entspannt."

„Ich habe kein eigenes Zimmer?" Aimée entglitten für einen Moment die Gesichtszüge.

Sie war recht wohlbehütet aufgewachsen. Bis zum Tod ihres Vaters war Aimée auf eine private Mädchenschule gegangen, danach hatte Nathan sie von der Schule genommen und durch Privatlehrer unterrichten lassen. Das ganze letzte Jahr über hatte ihr Bruder sie quasi wie eine Gefangene auf Wotton Hall gehalten. Nachdem sie in diesem Sommer ihr A-Level bestanden hatte, wollte sie anfangen zu studieren, aber Nathan hatte nichts davon hören wollen. Er hätte andere Pläne. Wie diese Pläne aussahen, hatte er ihr allerdings nicht verraten.

„Nun mach doch nicht so ein schockiertes Gesicht!", riss George sie aus ihren Gedanken. „Klar hast du dein eigenes Zimmer. Es ist nur nicht besonders groß, aber für so 'ne kleine Schnecke wie dich wird es schon reichen. Ich zeige es dir nachher." George goss sich Whisky nach.

„Okay, und was soll das Zimmer kosten?", fragte Aimée weiter, während sie ihre Hände unter dem Tisch nervös knetete. Sie musste sich beruhigen, denn sie brauchte diese Unterkunft, zumindest bis sie einen Plan hatte, wie es weiter gehen konnte.

„Kosten? Ach so. Nichts, was du nicht bezahlen könntest. Immerhin hat dich der alte Artkis geschickt, nicht wahr?" Er schenkte ihr erneut einen anzüglichen Blick. „Du kannst mit Naturalien bezahlen. Am besten, du fängst gleich damit an."

„Bitte, was?", Aimée riss die Augen auf und schob den Stuhl zurück. Das wurde ihr jetzt doch zu bunt.

„Ja, damit kannst du die Jungs von deinen Qualitäten überzeugen. Hier!" Mit diesen Worten reichte George ihr die Spülbürste.

Aimées Blick wanderte über die Berge von schmutzigem Geschirr.

„Ich glaube, jetzt brauche ich doch einen Drink!"

Zwei Stunden später stand Aimée immer noch am Waschbecken und schrubbte Tassen, in denen die Kaffeereste ein ekliges Eigenleben entwickelt hatten. George leistete ihr zwar Gesellschaft, rührte aber keinen Finger, um ihr zu helfen. Allerdings unterhielt er sie mit kleinen Geschichten über den neuesten Klatsch aus der Filmbranche und sorgte dafür, dass ihre Gläser nicht leer wurden. Er war ein begeisterter Kinogänger und erzählte witzige Anekdoten von Filmpremieren, die er besucht hatte. Dennoch hoffte Aimée, dass seine Mitbewohner weniger machohaft waren und vielleicht auch mal selbst eine Tasse ausspülen würden, was angesichts der aufgetürmten Geschirrberge in der Höhe des Mount Everest aber wohl eher nicht der Fall war.

Aimée war gerade dabei, die letzten Gläser abzutrocknen und in den Schrank zu stellen, als die Haustür aufgeschlossen wurde. Schritte näherten sich der Küche und Aimée hörte zwei männliche Stimmen. Sie sprachen von irgendeinem Auftrag, als George sich erhob und grinsend sagte: „Entschuldige mich einen Moment. Ich werde die Jungs besser mal schonend auf dich vorbereiten.“

Er eilte in den Flur hinaus und rief betont fröhlich: „Freddy, Cyrus, altes Haus, kommt und lernt unser neues WG-Mitglied kennen!“

„Wir haben einen neuen Mitbewohner?“, fragte eine warme dunkle Stimme erfreut, die sich in Aimées Ohren wie Samt anhörte und ihr eine leichte Gänsehaut über den Rücken laufen ließ.

Sie drehte sich zur Tür um und blickte unvermittelt in die honigfarbenen Augen eines Jungen, der nur wenig älter als sie zu sein schien. Einige schwarze Haarsträhnen fielen ihm lässig ins Gesicht. Er starrte sie für einen Moment mit offenem Mund – im wahrsten Sinne des Wortes – an, bevor er seine Lippen so fest aufeinanderpresste, dass sie nur noch eine schmale Linie bildeten. Im Türrahmen erschien der blonde Haarschopf eines zweiten Typen. Er schaute ebenfalls ein wenig irritiert, aber in seiner Miene spiegelte sich eher überraschtes Interesse.

„Hi, ich bin …“, wollte Aimée sich vorstellen, doch bevor sie den Satz beendet hatte, drehte sich der dunkelhaarige Junge um und stürmte aus der Küche.

„George!“, brüllte er. „Bist du von allen guten Dämonen verlassen?“

„Was willst du, Cyrus? Der alte Artkis hat uns die Schnecke geschickt“, verteidigte sich George. „Also hat wohl alles seine Richtigkeit! Außerdem hat sie den Abwasch gemacht. Ist das nichts?“

„Richtigkeit? Wie kann das seine Richtigkeit haben? Sie ist ein verdammter Mensch!", fluchte der Junge, den George mit Cyrus angesprochen hatte.

Die samtige Stimme mischte sich ein. In ihr klang ein amüsierter Unterton mit. „Jungs, ich denke, sie kann euch hören."

„Äh, sie ist ein Mädchen, wollte ich sagen!", verbesserte sich Cyrus betont laut.

Ein charmantes Lachen erklang. „Und was für eins!"

Aimée nahm an, dass die Samtstimme dem Blonden gehörte. Wie zur Bestätigung tauchte der Blondschopf wieder im Türrahmen auf. „Entschuldigst du uns mal kurz, Schnecke? Wir müssen etwas besprechen." Er zwinkerte ihr frech zu und schloss die Küchentür.

Aimée ließ das Handtuch sinken und seufzte. „So viel zu ‚schonend vorbereiten'." Vermutlich hatte sie sich umsonst Spülhände geholt. Diese verrückten Typen würden sie bestimmt noch heute Nacht wieder rauswerfen. Für einen Moment stand sie unschlüssig an die Spüle gelehnt. *Wo soll ich nur hingehen?*, fragte sich Aimée verzweifelt, als im Flur Gepolter erklang. Aimée hörte selbst durch die verschlossene Tür George mit erstickter Stimme keuchen. „Lass mich runter, Cy–!"

Ob es an den durchgemachten Schrecken der vergangenen Stunden lag oder an dem ungewohnten Genuss des Whiskys wusste Aimée nicht zu sagen, aber in diesem Moment wurde sie wütend. Sie, die sonst immer so sanftmütig war, fühlte eine ungewohnte Stärke in sich aufsteigen. Wie ein wilder Tiger ergriff dieses Gefühl von ihrem Herzen Besitz. Sie ballte die Fäuste. So nicht! Sie würde diesem durchgeknallten Typen ihre

Meinung sagen. Sie hatte nicht Matthew und Calvin abgehängt, um jetzt tatenlos in einer WG-Küche herumzustehen und mitzuerleben, wie jemand bedroht wurde. Sie hatte definitiv genug Gewalttaten in den letzten Wochen erlebt und Aimée hasste es, wenn jemandem körperliche Gewalt angetan wurde. Außerdem wollte sie nicht schuld sein, wenn George ein Unrecht geschah. Er hatte sie immerhin hier aufnehmen wollen.

Kurz entschlossen ergriff sie ihre Tasche, die noch immer am Küchenstuhl hing, und stürmte in den Flur hinaus. Dort bot sich ihr ein bizarres Bild. Cyrus hielt den schmächtigen George am Hals gepackt und drückte ihn fest an die Wand. Dahinter lehnte lässig der Blonde mit verschränkten Armen und betrachtete die Situation in aller Seelenruhe. Auf seinen Lippen lag ein leichtes Lächeln, während Cyrus' Augen Funken sprühten.

George presste mit seiner rauchigen Stimme ein „Hallo, Süße. Es passt gerade nicht" hervor.

Cyrus drehte sich überrascht zu Aimée um. Doch bevor er etwas sagen konnte, fuhr sie ihn an: „Das reicht jetzt! Lass sofort George los!"

Der dunkelhaarige Typ sah Aimée einen Moment irritiert an, aber er lockerte seinen Griff um Georges Hals nicht. Kurz entschlossen schwang Aimée ihre Tasche und schlug damit auf ihn ein.

„Hey, bist du irre?", rief er und versuchte Aimées Angriff abzuwehren. Dabei ließ er George endlich los.

Dieser kam auf seinen Füßen zum Stehen und hielt sich für einen Moment den Hals. „Ich glaube, jetzt brauche ich noch einen Drink." Damit verschwand er ohne ein Wort des Dankes in die Küche.

Aimée blickte George verwundert nach. Immer noch wütend wandte sie sich nun dem Blonden zu. „Du hättest ihm ruhig helfen können, und nur, damit du es weißt: Ich bin keine Schnecke!"

„Du gefällst mir, Kleine!" Der Blonde lachte lauthals los. „So viel Spaß hatten wir schon lange nicht mehr! Lass sie uns behalten, Cyrus!"

„Ihr seid alle verrückt!", stellte Aimée verwirrt fest.

„Nicht mehr als du, wenn du hier wohnen willst", antwortete Cyrus.

KAPITEL 4

Jeder Mann muss einen Dämon in sich haben, um in der Liebe und im Beruf erfolgreich zu sein.
Anthony Quinn

Aimée nahm ihre Tasche über die Schulter und folgte Cyrus zurück in die Wohnküche. Dort saß George bereits am Tisch und goss sich aus der fast leeren Whiskyflasche ein.

„Hier, ich hab dein Glas auch nachgefüllt", grinste George. „Du kannst es sicherlich gebrauchen, Süße."

„Ich denke, ich habe genug." Sie stellte ihre Tasche wieder ab.

„Aber ich könnte einen Schluck vertragen", mischte sich der Blonde ein. „Wenn du gestattest, nehme ich dein Glas." Damit ließ er sich auf einen Stuhl fallen, griff nach Aimées Glas und trank einen Schluck. „Hm, du trägst Erdbeerlipgloss? Lecker!" Er leckte sich über die fein geschwungenen Lippen.

„Äh, wie bitte ...?" Aimées kurzer Anfall von Wut war verraucht und ihre Unsicherheit kehrte augenblicklich zurück. Diese WG-Bewohner waren mehr als seltsam. Einerseits wollten sie sie augenscheinlich wieder loswerden – zumindest dieser Cyrus –, aber andererseits schienen sie mit ihr zu flirten. Was sollte das?

„Komm, setz dich", forderte Cyrus sie auf und zog ihr einen Stuhl zurecht. Sie kam seiner Aufforderung widerspruchslos nach und nahm neben dem Blonden Platz.

„Willst du auch ein Glas?", fragte George an Cyrus gewandt.

„Nein, danke", antwortete dieser mit ernstem Blick. „Ich will jetzt wissen, was das alles zu bedeuten hat."

„Unser guter Cyrus kann manchmal echt ein Spielverderber sein. Da steht er Jeremy in nichts nach", wandte sich der Blonde erklärend an Aimée.

Cyrus zog wieder die Augenbrauen zusammen und warf einen kurzen Blick auf sie. Es schien ihm nicht zu gefallen, als Spießer dargestellt zu werden. „Also gut, ich nehme doch ein Glas, aber nur ein halbes."

„Na also, geht doch", grinste George, nun wieder ganz der Alte. Er ging zur Vorratskammer und holte eine weitere Flasche hervor. Da nun auch wieder genug saubere Gläser vorhanden waren, holte er zwei neue aus dem Hängeschrank und stellte sie vor Cyrus und Aimée ab. Er goss beiden großzügig ein, obwohl Aimée eigentlich schon abgelehnt hatte.

„Du bist also von Artkis zu uns geschickt worden? Ist das richtig?", fragte Cyrus misstrauisch, nachdem er sein Glas abgesetzt hatte.

„Nun also, ich ...", begann Aimée. Haltsuchend griff sie nun doch nach ihrem Glas und trank einen weiteren Schluck. Die sanft brennende Flüssigkeit benebelte ihre Sinne noch mehr. Alles erschien ihr mittlerweile wie ein böser Traum.

„Na klar hat er sie geschickt. Das habe ich dir doch schon gesagt. Hier, diesen Zettel hat sie mir gegeben." George schob das gelbe Blatt zu Cyrus rüber. Dieser ergriff es und betrachtete die Notiz kritisch. Dann fuhr er mit dem Daumen über die Schrift. „Hm, tatsächlich, die Signatur ist echt. Sehr seltsam." Cyrus blickte Aimée nachdenklich an. Seine Augen waren von einem warmen Braunton mit goldenen Sprenkeln wie flüssiger Honig, und sein Blick verwirrte ihr die Sinne. Eine Strähne seines schwarzen Haares fiel ihm ins Gesicht. Seine Lippen waren perfekt geschwungen und obwohl er einen leicht bitteren Zug um den Mund hatte, sah er verdammt gut aus. In ihrem Bauch setzte ein seltsames Kribbeln ein. Aber vielleicht kam das auch nur vom Alkohol.

Sie schüttelte kaum merklich den Kopf. Sie musste von Sinnen sein! Sie hatte gerade ganz andere Probleme, als ausgerechnet diesen unmöglichen Typen heiß zu finden. Er war nicht nur unfreundlich, sondern hatte auch noch George gewürgt! Aimée versuchte, das zunehmende Kribbeln mit diesen Gedanken zu unterdrücken, dann trank sie noch einen Schluck und sah Cyrus herausfordernd an. Sie würde sich von ihm nicht verunsichern lassen.

„Also, was verbirgst du?", fragte Cyrus. „Wie bist du in den Besitz dieses Zettels gekommen? Ich glaube nicht eine Sekunde, dass du ihn von Artkis bekommen hast."

„Nun lass sie doch in Ruhe!", versuchte der Blonde seinen Freund zu beschwichtigen.

„Nein! Ich bleibe dabei. Die Geschichte stinkt!", beharrte Cyrus.

Aimée wurde es mittlerweile zu bunt. „Wisst ihr was, Jungs, wenn es euch nicht passt, dass ich hier bin, dann können wir das Ganze abkürzen. Ich werde gehen. Irgendwo werde ich schon eine Unterkunft für die Nacht finden." Sie stand abrupt auf und merkte, wie sie leicht schwankte. Der Alkohol machte sich bemerkbar. „Oh." Sie griff nach der Stuhllehne.

Cyrus war mit erstaunlicher Schnelligkeit aufgesprungen und ergriff Aimées Arm. „Vorsicht, nicht fallen. Am besten du setzt dich wieder."

„Es geht schon", wehrte Aimée ihn ab, nahm aber dennoch wieder Platz. „Es ist nur der Whisky. Ich … ich bin das nicht gewohnt."

„Du bist doch nicht etwa betrunken? George, wie viele Gläser hast du ihr eingeschenkt?" Cyrus warf einen zornigen Blick auf seinen Mitbewohner.

„Höchstens zwei doppelte Whisky. Das ist das dritte Glas. Konnte ja nicht ahnen, dass die Süße nichts verträgt."

Cyrus ging zum Schrank und holte ein neues Glas hervor. Er füllte es mit Wasser und reichte es Aimée. „Trink lieber das. Für heute Nacht bleibst du besser hier, und morgen werden wir dann überlegen, wie es weitergeht."

Aimée trank einen großen Schluck Wasser und war dankbar, dass sie doch nicht in die Nacht hinausmusste. Sie bemerkte, dass das Schwindelgefühl sich verstärkte. Gleichzeitig fühlte sie sich leicht und frei. Es war ein wenig, als würde sie mit überhöhter Geschwindigkeit mit dem London Eye fahren.

„Prima, das wäre also geklärt", freute sich George und rieb sich die Hände.

„Nun, dann sollten wir uns jetzt mal vorstellen. Unseren WG-Spießer Cyrus hast du ja schon in Aktion erlebt. Jetzt möchte ich mich auch endlich vorstellen." Der blonde Typ ergriff über den Tisch hinweg ihre Hand. Er hielt sie fest und schaute Aimée intensiv mit seinen großen Augen an, die von einem irritierenden Blau waren. „Mein Name ist Frederic und ich bin entzückt, die Bekanntschaft mit solch einer schönen Frau zu machen."

Aimée spürte, wie ihre Wangen zu glühen anfingen. Derartige Komplimente war sie nicht gewohnt. „Ich heiße Aimée", antwortete sie und senkte den Blick.

„Aimée ist ein wundervoller Name", bemerkte Frederic mit samtweicher Stimme.

Dann beugte er sich vor und küsste ganz sacht ihre Hand.

Aimée blieb der Atem weg. Die gesamte Situation war völlig absurd. Noch nie hatte so ein atemberaubend gut aussehender Junge ihre Hand geküsst. Überhaupt sahen alle Bewohner dieser WG bemerkenswert gut aus. *Fast zu gut, um wahr zu sein*, schoss es Aimée durch den Kopf. Für einen Moment schien die Zeit still zu stehen, während Frederic seine warmen Lippen auf ihren Handrücken drückte. Dann wurden sie jäh auseinandergerissen.

„Fass sie nicht an!", rief Cyrus und stieß Frederic von ihr weg. „Sie ist unsere Mitbewohnerin. Zumindest für heute Nacht!" Cyrus warf Frederic einen finsteren Blick zu.

Dieser grinste unverschämt zurück. „Du hast mir gar nichts zu befehlen. Wir wissen doch beide, wer hier die meisten Stiche macht." Dann wandte er sich erneut an Aimée. „Nimm ihn nicht ernst, meine Schöne. Unser Freund Cyrus ist chronisch untervögelt!"

Gegen ihren Willen musste Aimée grinsen.

„Es reicht, Frederic", bemerkte Cyrus kühl, aber der Blonde warf ihm nur einen herausfordernden Blick zu.

„Die beiden kabbeln sich ständig", erklärte George belustigt.

Cyrus ignorierte die Bemerkung und wandte sich wieder Aimée zu. „Komm, ich zeige dir dein Zimmer für heute Nacht."

Dieses Mal stand Aimée langsamer auf. Dennoch fühlten ihre Beine sich ganz weich an. Cyrus schien es zu bemerken und nahm sanft ihren Arm. „Geht es?", fragte er leise.

Sie nickte, doch beim Gehen schwankte sie leicht. Cyrus legte den zweiten Arm um ihre Taille und zog sie sanft an sich. So ging es besser. Obwohl Cyrus sich so ruppig verhielt, fühlte Aimée sich in seinem Arm auf seltsame Art behütet. Er führte sie hinaus in den Flur, dann bogen sie nach rechts ab.

„Hey, wartet auf uns!", rief George und schon kamen die beiden Jungs aus der Küche gestürmt.

Der Flur war schmal und wirkte düster, obwohl Cyrus das Licht angeschaltet hatte. Der angestaubte Kronleuchter an der hohen Decke erleuchtete den langen Flur nur spärlich. Mehrere Türen gingen vom Flur ab. Am Ende konnte Aimée eine Treppe erkennen, die nach oben führte.

Sie gingen an mehreren Türen vorbei. „Das sind die Zimmer von Chris und Frederic", erklärte Cyrus. „Da drüben ist mein Zimmer. George und Jeremy wohnen oben." Dann blieb er stehen und deutete auf eine Tür, die im oberen Bereich eine Milchglasscheibe hatte. „Und das hier ist das Bad. Leider haben wir nur dieses eine. Wir müssen es uns also teilen, was nicht immer ganz einfach ist, wie du dir vorstellen kannst." Dabei warf er Frederic einen vielsagenden Blick zu.

George grinste breit und erklärte: „Unser Freddy braucht morgens immer eine halbe Ewigkeit vor dem Spiegel."

„Was?", rief dieser gespielt beleidigt. „Ein gepflegtes Äußeres ist nun einmal das A und O für meinen Job."

Cyrus verdrehte die Augen und Aimée erkundigte sich interessiert: „In welchem Bereich arbeitest du denn?"

„Wir sind alle Studenten!", beeilte sich Cyrus zu erklären, bevor Frederic antworten konnte.

„Aber er sagte doch ...", warf Aimée ein.

Cyrus blickte Frederic warnend an und dieser lächelte nun etwas verlegen. „Ich arbeite nebenbei als Barkeeper in einem Club. Muss mir schließlich mein Studium finanzieren."

Aimée nickte. Sie konnte sich gut vorstellen, wie Frederic Cocktails mixte und dabei mit allen Frauen an der Bar flirtete. Vermutlich brach er die Herzen einsamer Mädchen haufenweise.

George lachte kehlig: „Das stimmt wohl!"

Aimée sah George irritiert an. Sie hatte doch nicht etwa laut gedacht? So betrunken konnte sie doch nicht sein, oder?

Frederic lächelte unergründlich. Er beugte sich zu ihr und flüsterte: „Dein Herz würde ich niemals brechen, Aimée."

Cyrus' Miene verdüsterte sich wieder und er zog Aimée weiter. Vor einer blauen Tür am Ende des Flures blieb er stehen. „Dies hier ist dein Nachtquartier." Dabei öffnete er die Tür und ließ Aimée den kleinen Raum betreten.

Das Zimmer war spärlich möbliert. An einer Wand befand sich ein schmales Bett mit einem schmiedeeisernen Kopfteil. Auf dem Bett lagen einige bunte Kissen. An der Wand gegenüber stand ein alter Sessel und daneben ein einfacher Schreibtisch. Auf dem Schreibtisch befanden sich nicht nur eine Leselampe, sondern auch ein kleiner Flachbildfernseher, der in diesem altmodischen Zimmer fast ein wenig fehl am Platz wirkte. Neben der Tür stand ein schmaler, dunkler Kleiderschrank. An der Stirnseite des Zimmers befand sich ein Fenster, das zur Straße hinausführte. An den Wänden hingen keine Bilder, aber die rot-weiß-gestreifte Tapete im englischen Landhausstil ließ den Raum gemütlich wirken.

„Schreckliche Kammer", bemerkte Frederic. „Nicht zu vergleichen mit meinem Zimmer. Aber zumindest hast du einen Fernseher. Falls er dir zu klein sein sollte, kannst du auch oben in unserem Gemeinschaftsraum Filme gucken."

„Und wie gefällt dir dein neues Domizil?", fragte George erwartungsvoll.

„Es ist sehr schön." Aimée lächelte.

„Ja", bemerkte Cyrus trocken. „Für eine Nacht wird es sicherlich reichen."

Diesmal war es Aimée, die ärgerlich die Stirn in Falten legte. Warum musste er immer wieder betonen, dass sie hier nur für eine Nacht geduldet war? Sie hatte es schon verstanden!

Mit mehr Schwung als nötig warf sie ihre Umhängetasche aufs Bett.

„Ist das eigentlich dein ganzes Gepäck?", fragte Cyrus.

„Nun, für eine Nacht wird es schon reichen oder was meinst du?", bemerkte Aimée säuerlich.

Frederic lachte leise und Cyrus guckte verdutzt. „Ich habe mich nur gewundert, dass jemand, der eigentlich geplant hat, in eine WG zu ziehen, nur so wenige Sachen dabeihat."

Aimée seufzte. „Nun …" Sie machte eine Pause und überlegte kurz, bevor sie antwortete. „Ich musste aus meiner letzten Bleibe ziemlich schnell ausziehen." Ihr war bewusst, dass diese vage Aussage nicht gerade dazu beitrug, ihre Reputation als vertrauenswürdige Mieterin zu bestärken. Vermutlich glaubten die Jungs – genauso wie der Autofahrer –, sie hätte Dreck am Stecken. Doch Aimée wollte nichts über ihre wahren Beweggründe, von ihrem Bruder und der Flucht vor seinen Häschern erzählen. Allein der Gedanke an sein hasserfülltes Gesicht, als sie ihn zum letzten Mal gesehen hatte, ließ ihr eine Gänsehaut über den Rücken laufen. Sie wollte all das hinter sich lassen. Alles, was sie sich im Moment wünschte, war eine sichere Bleibe bis sie volljährig und damit frei war. Dann könnte ihr Bruder nicht mehr über ihr Leben verfügen.

Cyrus blickte sie unverwandt an, und mit einem Mal wurde sein Blick weicher, so als würde er spüren, welch albtraumhafte Bilder sie vor ihrem inneren Auge sah. „Hast du alles, was du brauchst? Zahnbürste, Pyjama?"

„Ich denke schon. Obwohl …", Aimée stockte. Sie öffnete ihre Tasche und spähte hinein. „Ich glaube, ich habe kein Nachthemd dabei."

„Kein Problem. Du kannst ein T-Shirt von mir haben", bot Cyrus versöhnlich an. Frederic und George wechselten einen vielsagenden Blick.

„Danke." Aimée lächelte müde.

„Gut, wir lassen dich jetzt allein. Handtücher findest du im Schrank. Ich komme gleich noch mal mit dem T-Shirt zu dir." Cyrus schob Frederic und George vor die Tür.

„Schlaf gut, Süße", rief George.

„Träum von mir!" Frederic lachte und winkte ihr im Hinausgehen zu. „Wir sehen uns morgen."

KAPITEL 5

Es hört doch jeder nur, was er versteht.
Johann Wolfgang von Goethe

„Was soll das heißen, Calvin?" Nathans Stimme nahm einen gefährlich ruhigen Ton an. Seine Augen funkelten bedrohlich.

„Es tut mir leid, Boss! Sie war plötzlich wie vom Erdboden verschluckt." Calvin wich dem Blick seines Chefs nervös aus und sah auf seine Schuhspitzen.

Nathan Cobham schlug mit der Faust auf den antiken Schreibtisch seines Arbeitszimmers. „Es heißt ‚Sir'! Wie oft muss ich dir das noch einbläuen. Und was bedeutet überhaupt ‚verschluckt'?"

„Nun, wir hatten Eure Schwester fast erwischt, Bo–, äh … Sir. Sie konnte nur besagte Straße entlanggelaufen sein. Wir waren ihr dicht auf den Fersen, aber plötzlich …", Calvin ließ die Schultern hängen, „plötzlich war sie weg."

„Ja, bin ich denn von totalen Vollidioten umgeben? Sie hat sich irgendwo versteckt. Warum habt ihr sie nicht gesucht?"

„Wir haben in jeden Hauseingang geguckt, jede noch so kleine Versteckmöglichkeit durchstöbert, aber da war nichts. Absolut nichts!", beteuerte Matthew.

„Dann müsst ihr Trottel eben etwas übersehen haben!", brüllte Nathan unerwartet los und Calvin und Matthew zuckten zusammen.

Sir Nathan Cobham schüttelte langsam den Kopf, dann begann er zu lächeln, doch sein Lächeln wirkte sogar noch bedrohlicher als sein vorangegangener Wutanfall. Scheinbar gelassen griff er nach einem dolchartigen Brieföffner, der auf dem Schreibtisch lag, und drehte ihn langsam hin und her. „Und dann seid ihr einfach mit leeren Händen zu mir zurückgefahren, verstehe ich das richtig?“

„Mit Verlaub, Sir“, verteidigte sich Matthew, „wir haben noch ganze zwei Stunden die Umgebung abgesucht. Wir müssen den Tatsachen ins Auge sehen: Sie ist uns entwischt.“

„Nun, so wie sich die Situation darstellt, habt ihr wirklich nicht viel gesehen. Im Gegenteil, es erscheint mir eher so, als ob euer Augenlicht nicht besonders viel wert ist.“ Nathan blickte auf den spitzen Brieföffner in seiner Hand. „Vielleicht würde es meine Nerven beruhigen, wenn ich einem von euch mit diesem netten kleinen Ding die Augen ausstechen würde. Vielleicht sieht der andere von euch Versagern dann beim nächsten Mal umso mehr. Was meint ihr?“

Matthew schluckte und warf einen Seitenblick auf seinen Kollegen.

„Es war wirklich nicht unsere Schuld, Sir. Wir haben sogar versucht, ihr Handy zu orten, aber die Kleine hat es wohl ausgeschaltet“, versuchte Calvin den Misserfolg ihrer Suche zu rechtfertigen.

„Wozu bezahle ich euch Dummköpfe überhaupt, wenn es euch nicht mal gelingt, meine kleine Schwester herzubringen? Und wenn ich sage, ich will sie hier haben, dann will ich sie hier haben, verstandden?! Ihr werdet sofort zurück nach London fahren und eure Suche fortsetzen. Ihr tretet mir erst wieder unter die Augen, wenn ihr meine geliebte Aimée gefunden habt, ansonsten ..." Nathan stand auf und warf den Brieföffner mit solcher Wucht zwischen Matthew und Calvin hindurch, dass dieser in der Wandvertäfelung hinter den beiden Bodyguards stecken blieb. „Haben wir uns verstanden?", fragte Nathan lächelnd.

„Natürlich, Sir! Wir sind schon unterwegs, Sir." Matthew deutete eine kurze Verbeugung vor seinem Chef an.

„Na also, warum nicht gleich so?" Nathans Lächeln wurde noch breiter, doch seine Augen waren eiskalt.

***

Als Aimée erwachte, war es bereits nach neun Uhr. Zumindest zeigte ihr dies ein altmodischer Wecker auf dem Beistelltisch am Kopfende des Bettes an. Ihr Kopf dröhnte und sie hatte einen trockenen Mund. Für einen kurzen Moment wusste sie nicht, wo sie war, doch dann kehrte die Erinnerung an den gestrigen Abend zurück. Mühsam rappelte sie sich hoch und strich sich das verwuschelte Haar aus dem Gesicht. Aimée trug Cyrus' schwarzes T-Shirt, welches er ihr als Schlafshirt überlassen hatte. Als sie es in der Nacht angezogen hatte, war ihr gleich der verführerische Duft aufgefallen, der ihm anhaftete. Obwohl das T-Shirt augenscheinlich frisch gewaschen war, hatte Aimée ganz deutlich den gleichen Duft wahrgenommen, den Cyrus' Haut verströmt hatte, als er sie eng an sich gezogen hatte, um sie zu stützen. Es war ein angenehmer Duft mit einem Hauch Zitrus und Zedernholz. Tief atmete sie den Duft noch einmal ein, als sie das T-Shirt über den Kopf streifte, um wieder in ihre eigenen Sachen zu schlüpfen – sie wollte schließlich nicht nur in Höschen und T-Shirt bekleidet über den Gang zum Bad laufen. Auch wenn es in der Wohnung noch ganz still war, so bestand doch die Chance, dass sie einem der Jungs über den Weg lief.

Als sie auf den Flur trat, lag dieser still und dämmrig da. Eilig lief Aimée zum Bad und öffnete die Tür. Sie war froh, dass das Bad frei war. Am Waschbecken erfrischte sie ihr Gesicht mit kaltem Wasser. Es tat gut und ließ sie klarer denken. Danach beugte sie sich zum Wasserhahn hinab und trank einige Schlucke. Ihr Mund fühlte sich nun nicht mehr so ausgetrocknet an. Aimée richtete sich auf und sah in den Spiegel. Sie war an diesem Morgen blasser als gewöhnlich. Unter ihren Augen lagen dunkle Schatten und ihre braunen Haare hingen wirr um ihren Kopf. Rasch zog Aimée ein Haarband aus ihrer Hosentasche und band sich die widerspenstige Mähne zu einem Pferdeschwanz zusammen. Dann starrte sie für einen weiteren Moment in den Spiegel und murrte laut: „Mann, siehst du beschissen aus heute Morgen!" Aimée seufzte und ging zur Toilette. Sie öffnete den Reißverschluss ihrer Jeans und schob die Hose mitsamt ihrem Slip runter. Als sie sich gerade setzen wollte, raschelte der Duschvorhang und Frederics blonder Haarschopf tauchte auf. Er hatte Schaum in den Haaren und ein freches Grinsen auf den Lippen. „Also, ich finde dich ganz entzückend, Aimée. Besonders mit den verwuschelten Haaren. Den Look solltest du öfter tragen."

Ihr entfuhr ein spitzer Schrei. „Frederic, was machst du hier?"

„Na, wonach sieht es denn aus?", fragte er keck.

„Aber wieso hast du dich nicht bemerkbar gemacht, als ich ins Bad kam, und wieso habe ich kein Wasser laufen gehört?"

„Während ich mich einseife, stelle ich die Dusche immer aus. Wasser sparen ist wichtig, weißt du?"

„Äh, natürlich ... Wasser sparen." Aimée bückte sich hastig, um ihren Slip und die Jeans, die um ihre Fußknöchel hing, wieder hochzuziehen.

Frederic nickte. „Ja, man muss immer an die Umwelt denken. Übrigens kannst du die Hose ruhig auslassen. Du hast verdammt tolle Beine."

Aimée schoss die Röte in die Wangen. Wie peinlich, hier vor Frederic mit heruntergelassenen Hosen zu stehen! Doch dem Jungen war die Situation anscheinend durchaus angenehm.

„Möchtest du zu mir unter die Dusche kommen und dich von mir einseifen lassen?", fragte er lächelnd.

„Nein!", rief Aimée eilig, dabei ließ sie vor Schreck die Hose los und diese rutschte wieder runter.

„Okay, dann darfst du mich eben einseifen", schlug Frederic als Alternative vor. Er schob den Duschvorhang weiter zur Seite und entblößte einen makellosen, durchtrainierten Oberkörper. Seine haarlose Brust und der flache, muskulöse Bauch wirkten wie aus einer Werbung für ein exklusives Duschgel. Aimée zwang sich, ihren Blick nicht weiter hinab gleiten zu lassen. Frederics Lächeln vertiefte sich und er hielt ihr einladend die Hand hin. „Komm, die Dusche ist wirklich groß genug für Zwei."

Warum eigentlich nicht?, dachte Aimée sich. Für einen irrwitzig kurzen Moment schossen ihr Bilder durch den Kopf, wie ihre Hände diesen perfekten Körper einseiften. Doch dann besann sie sich eines Besseren und schüttelte die Vorstellung an eine gemeinsame Dusche wieder ab. „Also ich dusche lieber allein, danke."

„Wirklich?", hakte Frederic nach. Er sah sie mit einem frechen Ausdruck an. Sein Blick erinnerte Aimée an einen Kater, der gerade dabei war, von der verbotenen Sahne auf dem Tisch zu naschen.

In diesem Moment wurde die Badezimmertür geöffnet. „Was ist los? Ich habe einen Schrei gehört?" Cyrus stand in der Tür und blickte abwechselnd von Frederic zu Aimée.

„Hallo, Cyrus, willst du uns Gesellschaft leisten? Aimée wollte gerade zu mir in die Dusche kommen. Aber je mehr Leute, desto besser, nicht wahr? Du kannst uns beiden natürlich auch einfach zugucken." Frederic zwinkerte Aimée zu.

Aimée klappte der Mund auf. Für einen Moment war sie schlichtweg sprachlos von seiner Dreistigkeit.

Cyrus' Gesicht nahm derweil einen verschlossenen Gesichtsausdruck an. Er presste seine Lippen aufeinander und nickte. „Ich verstehe!" Damit drehte er sich abrupt um und verließ das Bad.

Hektisch zog sich Aimée wieder an. „Warte Cyrus, das stimmt doch gar nicht ...!", rief sie dem dunkelhaarigen Jungen hinterher, dann drehte sie sich zu Frederic um. „Was sollte das?"

Er lachte nur. „Ein kleiner Scherz. Hast du gesehen, wie er abgegangen ist? Wenn ich es nicht besser wüsste, könnte man meinen, unser guter Cyrus steht auf dich."

Sie stemmte die Hände in die Hüften. „Du bist unmöglich, weißt du das?"

Frederic grinste jungenhaft. „Ja, aber genau deswegen stehen die Frauen auf mich. Und du bildest da keine Ausnahme, meine Hübsche. Habe ich recht?"

„Du bist ganz schön von dir eingenommen. Wird wirklich mal Zeit, dir den Kopf zu waschen." Damit füllte Aimée einen der Zahnputzbecher, die auf dem Waschbecken standen, mit eiskaltem Wasser und bevor der blonde Junge recht wusste, wie ihm geschah, trat sie zu ihm und goss ihm den Inhalt des Bechers über den Kopf.

„Ahhh, das war aber nicht nett!", rief Frederic gespielt empört. „Jetzt musst du zu mir kommen und mich wärmen!"

„Du bist wirklich unverbesserlich, Frederic!" Aimée schüttelte den Kopf und verließ eilig das Badezimmer.

Sie ging zurück in ihr Zimmer, schüttelte energisch das Bett auf und trat an das Fenster. Gedankenverloren blickte sie auf die Straße. Die Situation im Bad war Aimée zwar peinlich gewesen, aber da war noch etwas anderes, was sie verwirrte. Es war dieser schmerzvolle Ausdruck, den sie in Cyrus' Augen gesehen hatte, der sie zutiefst irritierte. Der ihr sogar ein leichtes Ziehen in der Herzgegend bescherte. Aus irgendeinem Grund wollte sie nicht, dass Cyrus etwas Schlechtes von ihr dachte. Warum es ihr so wichtig war, konnte sie sich selbst nicht erklären. Eigentlich konnte es ihr doch völlig egal sein, was dieser Junge über sie dachte. Sie würde ihn vermutlich niemals wiedersehen.

Doch selbst wenn sie noch an diesem Tag die WG verlassen musste, wollte sie ihm die Situation vorher erklären. Sie wollte unbedingt, dass Cyrus erfuhr, dass alles nur ein Missverständnis gewesen war. Ob er ihr glaubte, spielte dabei nur eine untergeordnete Rolle. Aimée erinnerte sich an ihre Kindheit. Wie oft hatte es damals zwischen ihrer Mum und ihrem Dad unausgesprochene Situationen gegeben. Wie oft hatte sie gespürt, dass etwas zwischen ihnen stand, was niemand ansprach. Ihr Vater hatte die meiste Zeit in seiner Firma verbracht und ihre Mutter hatte oft geweint. Als sie durch einen tragischen Autounfall ums Leben kam, hatte Aimée ihren Vater zum ersten Mal weinen gesehen. Er hatte mit sich selbst gesprochen an jenem Unglücksabend. Er hatte sich Vorwürfe gemacht, dass er seiner Frau in den letzten Jahren nicht mehr gesagt hatte, dass er sie liebte und dass sie für ihn wichtiger war als seine Firma.

Schon als Kind hatte Aimée verstanden, dass nichts schlimmer war, als jemandem nicht mehr sagen zu können, dass man etwas bedauerte. Aimée hatte sich damals geschworen, dass sie niemals etwas unausgesprochen lassen würde, was ihr auf dem Herzen lag, und ihr Bauchgefühl sagte ihr nun, dass sie die WG erst verlassen wollte, wenn sie mit Cyrus gesprochen hatte. Mit diesem Entschluss wandte sie sich vom Fenster ab, nahm ihre Tasche, steckte das schwarze T-Shirt ein und ging dann zu Cyrus' Zimmertür. Aimée klopfte, aber niemand antwortete. Vielleicht war er in der Küche, also lenkte sie ihre Schritte den Flur entlang. Sie überlegte, wie sie ihm die Situation vernünftig erklären konnte, ohne dass es wie eine fadenscheinige Rechtfertigung wirkte. Sein trauriger Blick hatte sich irgendwie in ihr Herz gebrannt.

Ein seltsames Gefühl breitete sich in ihr aus, als sie die Küche betrat.

Cyrus war nicht dort, aber George stand am Herd und bereitete Rührei und Bacon zu. Er trug wie am Abend zuvor wieder nur seine weiße enge Shorts. Aimée wunderte sich über dieses Outfit schon nicht mehr.

„Guten Morgen, Süße. Na, hast du gut geschlafen?"

„Nicht wirklich", gab sie zu.

„Möchtest du Frühstück?", fragte George, während er den Pfanneninhalt auf einen großen Teller schüttete und auf den Küchentisch stellte.

„Nein danke, mir ist immer noch ein wenig flau im Magen von gestern. Aber ich hätte gerne eine Tasse Kaffee, wenn du hast."

George nickte und stellte eine Kanne auf den Tisch. „Hier, leider haben wir keine Milch mehr. Unser Kühlschrank ist mal wieder leer. Das hier sind die schäbigen Reste." Damit deutete er auf den Teller mit dem Rührei. „Du solltest wirklich etwas essen, bevor die anderen kommen und es dir wegschnappen."

Aimée schüttelte den Kopf. „Ich bin wirklich nicht hungrig." Sie griff nach einer der Tassen, die auf dem Tisch standen, und goss sich Kaffee ein. „Hast du Cyrus heute schon gesehen?", fragte sie.

„Nein, warum?"

„Nun, ich will ihm noch sein T-Shirt wiedergeben."

„Ach so", meinte George. „Vielleicht ist er im Bad?"

„Nein, da ist er mit Sicherheit nicht", bemerkte Aimée trocken.

Wenn sich George über ihre Bemerkung wunderte, so ließ er es sich nicht anmerken, sondern zuckte nur mit den Schultern. „Lass es doch einfach auf dem Bett liegen. Er wird es schon finden, wenn er es sucht."

„Okay, klar", antwortete Aimée knapp. Dann schwiegen beide für eine Weile. Während George munter sein Rührei in einem See aus Ketchup ertränkte, hielt Aimée ihre Kaffeetasse umklammert und dachte über Cyrus und ihre Situation nach. Für eine kurze Zeit hatte sie tatsächlich vergessen, dass sie auf der Flucht war und nicht wusste, wie es nun für sie weitergehen sollte. An wen konnte sie sich wenden? Wer könnte ihr aus dieser misslichen Lage heraushelfen? So gerne sie auch zu ihrer Freundin Mira gegangen wäre, war ihr doch bewusst, dass ihr Bruder sie genau dort zuerst suchen würde. Andere Freunde hatte sie nicht. Nathan hatte sie erfolgreich von allen anderen Leuten isoliert. Wer nie zu Partys gehen durfte, wurde irgendwann auch nicht mehr eingeladen.

George ließ seine Gabel sinken. „Sag mal, Süße, wenn du uns heute wieder verlässt, wo gehst du dann hin? Ist ja nicht so einfach, hier in der City ein günstiges WG-Zimmer zu finden. Hast du schon einen Plan?"

„Ehrlich gesagt, nein. Ich weiß nicht, wie es weitergehen soll." Sie seufzte.

George musterte sie zwischen zwei Bissen aufmerksam, dann sagte er: „Na komm schon, du hast doch noch mehr auf dem Herzen, als nur die Suche nach einem WG-Zimmer, oder liege ich da falsch?"

„Nein, du liegst goldrichtig. Aber das spielt keine Rolle. Ich bekomme das schon hin." Aimée versuchte, ein zuversichtliches Gesicht zu machen.

Er zog eine Augenbraue hoch. „Bist du sicher? Wenn ich dir irgendwie helfen kann ...?"

Für einen kurzen Moment überlegte Aimée, sich George anzuvertrauen, doch sie entschied sich dagegen. „Danke, das ist lieb von dir, aber ich wüsste nicht, wie du mir helfen kannst. Cyrus möchte, dass ich euch heute wieder verlasse und ... vermutlich ist es besser so."

„Ach, was der will oder nicht ...", begann George, als Cyrus die Küche betrat.

„Redet ihr von mir?", wollte er wissen.

„Wie kommst du denn darauf?" George grinste Cyrus frech an.

„Mir war so, als hätte ich meinen Namen gehört." Er warf Aimée mit seinen Honigaugen einen intensiven Blick zu, und sie glaubte, seinen Blick auf ihrer Haut fast körperlich spüren zu können. Das elektrisierende Kribbeln breitete sich erneut in ihrem Bauch aus, aber Aimée gefiel dieses Gefühl ganz und gar nicht. Auch wenn sie die Badsituation noch mit Cyrus klären wollte, sich zu verlieben stand definitiv nicht auf ihrem Plan. Ihr Leben war auch ohne Herzschmerz schon kompliziert genug. „Manche Leute nehmen sich eben entschieden zu wichtig!", bemerkte sie deshalb etwas zu spitz. Sofort bedauerte Aimée, was sie gesagt hatte, als sie merkte, wie Cyrus zusammenzuckte.

Sein Blick verdüsterte sich kurz, wie zuvor im Badezimmer, um sich einen Moment später wieder desinteressiert zu geben. „Nun, spielt ja auch keine Rolle." Er nahm sich ebenfalls eine Tasse und schenkte sich Kaffee ein. Für einen Moment schwiegen sie, während George die Reste des Bacon verputzte.

„Wann wirst du uns verlassen?", wandte sich Cyrus erneut an Aimée.

Seine eiskalte Stimme ließ all ihre Schuldgefühle von einer Sekunde auf die andere verschwinden. Sie pustete sich eine Haarsträhne, die sich aus dem Zopf gelöst hatte, aus der Stirn. „Keine Angst, nach dem Frühstück mache ich mich auf den Weg. Ich will eure Gastfreundschaft nicht über Gebühr strapazieren.“

Cyrus nickte. „Gut. Ich hoffe, du hast wenigstens die Dusche genossen.“

„Nein, das habe ich ganz und gar nicht!“, zischte sie. „Weil ich nämlich gar nicht geduscht habe.“

„Sorry, ich wollte euch nicht unterbrechen“, meinte Cyrus leichthin und trank einen Schluck Kaffee.

Aimée funkelte Cyrus an. „Du hast uns bei überhaupt nichts unterbrochen. Weil da nämlich nichts war. Ich wollte lediglich auf Toilette gehen, als ich bemerkt habe, dass Frederic unter der Dusche stand.“

„Aha. Spazierst du öfter ins Bad, wenn fremde Männer duschen?“, fragte Cyrus betont ruhig und warf ihr einen interessierten Blick zu, der Aimée nur noch mehr reizte. Sie fragte sich mittlerweile, warum sie sich seinetwegen überhaupt so mies gefühlt hatte. Sie war kurz davor, ihm ihren Kaffee ins Gesicht zu schütten.

„Sag mal, was denkst du denn von mir?“, fuhr sie ihn an.

Cyrus sah sie ungerührt an und nahm einen weiteren Schluck aus seiner Tasse.

„Zum einen wusste ich überhaupt nicht, dass das Bad besetzt war, weil kein Wasser lief, und zum anderen ist Frederic kein fremder Mann.“

„Ach, ist er nicht? Ihr habt euch also bereits näher kennengelernt? Soso.“

„So meinte ich das gar nicht", ereiferte sich Aimée. „Aber abgesehen davon geht es dich auch überhaupt nichts an. Selbst wenn ich mit ihm geduscht hätte –"

„Da hat sie recht", bemerkt George und erntete von Cyrus einen finsteren Blick, der zu sagen schien: Halt du dich da raus!

„Stimmt, es geht mich nichts an. Aber ich kenne Frederic und weiß, worauf er aus ist. Ich habe es nur gut mit dir gemeint."

„Ja, sicher. Du meinst es nur gut mit mir. Deswegen willst du mich ja auch so schnell wie möglich wieder vor die Tür setzten." Aimée verschränkte die Arme vor der Brust.

„Darum geht es doch jetzt gar nicht", entgegnete Cyrus.

„Und worum geht es dann? Dass du dich wie ein eifersüchtiger Othello aufführst, weil dein Freund mit mir flirtet?"

George blickte interessiert zwischen ihnen hin und her. „Sagt mal, ihr Süßen, soll ich rausgehen, damit ihr alleine seid?" Er grinste.

„Nein!", riefen Aimée und Cyrus wie aus einem Mund.

„Okay, okay!" George hob beschwichtigend die Hände.

In diesem Moment tauchte Frederic auf. Er trug ein edles Hemd und schwarze Jeans. Lässig strich er sich die noch feuchten blonden Haare aus der Stirn.

„Na, was gibt es denn Schönes zum Frühstück?", fragte er in die Runde. „Ich habe Hunger wie ein Bär."

„Es gab Rührei und Bacon. Jetzt ist nur noch etwas Ketchup da. Sie hat alles aufgegessen", sagte George, wischte sich einen Ketchuprest von der Lippe und zeigte auf Aimée.

Frederic lächelte. „Ich liebe Frauen, die einen ordentlichen Appetit haben. In jeder Hinsicht.“

Aimée verdrehte die Augen und bemerkte zu ihrer Überraschung, dass Cyrus es ihr gleichtat.

„Lass deine zweideutigen Anspielungen. George hat mal wieder alles aufgefuttert. Wie immer! Wir haben nur noch Kaffee.“ Mit diesen Worten schob Cyrus die Kanne rüber.

Frederic hob sie an und schüttelte sie leicht. „Nun, anscheinend haben wir nicht mal mehr den. Die Kanne ist leer.“

„Das war der letzte Kaffee. Filtertüten sind auch alle“, bemerkte George.

„Das ist ja nichts Neues. Dann solltest du heute wohl mal einkaufen gehen, George“, sagte Frederic unerwartet ernst.

„Wieso ich?“, fragte George entrüstet.

„Weil du dran bist und dich immer drückst“, antwortete Cyrus.

„Hey, ich habe eine Idee! Aimée könnte das doch machen. Dann macht sie sich gleich nützlich“, schlug George vor.

„Gute Idee“, fand auch Frederic. „Das Bad ist übrigens frei, wenn du jetzt rein möchtest. Ich habe dir auch noch etwas warmes Wasser übrig gelassen.“ Er zwinkerte ihr zu.

„Also ich glaube nicht, dass das eine gute Idee ist“, sagte Aimée bestimmt, während sie einen Seitenblick auf Cyrus warf. „Es war nett mit euch Jungs, aber ich denke, ich verabschiede mich langsam. Schließlich muss ich heute noch eine neue Unterkunft finden, da habe ich definitiv keine Zeit, auch noch für euch einzukaufen." Damit stand sie auf und kramte in ihrer Tasche. „Hier ist dein T-Shirt." Sie reichte es Cyrus und dabei fiel ein kleiner Gegenstand mit heraus und landete mit einem Klirren auf dem Fliesenboden. Es war der Silberlöffel, den Artkis Ramschus ihr gegeben hatte.

Die Köpfe der drei Jungs fuhren herum und sechs Augenpaare starrten wie hypnotisiert auf den Löffel.

„Oh, sieh an", entfuhr es George. „Was haben wir denn da?"

„Ach, das ist nur ein Löffel aus dem Trödelladen von Mr Ramschus", erklärte Aimée. Sie wollte danach greifen, aber George war schneller. Er hob den Teelöffel hoch und hielt ihn unter Cyrus' Nase. Dieser zog fragend eine Augenbraue hoch.

„Also, bevor du mich beschuldigst, den Löffel geklaut zu haben oder Ähnliches: Ich habe ihn geschenkt bekommen", schnappte Aimée in Cyrus' Richtung.

„Einfach so?", fragte Frederic interessiert.

„Nein, Mr Ramschus wollte mir zunächst Puppenaugen verkaufen, aber als ich ihm sagte, dass ich nicht so viel Geld hätte, hat er diesen Teelöffel unter dem Tresen hervorgezogen und ihn mir geschenkt. Er sagte noch etwas davon, dass Augen besser wären oder so. Genau weiß ich das nicht mehr. Auf jeden Fall hat er darauf bestanden, dass ich den Löffel bei mir trage. Er ist ein bisschen verrückt, oder?" Sie sah in die Runde.

Cyrus nahm den Teelöffel aus Georges Hand und betrachtete ihn eingehend. „Hm, er ist schon etwas schwarz angelaufen", stellte er fest.

„Jetzt schon?", fragte George beunruhigt.

„Aimée, weißt du, ob der Löffel gestern noch blank war?", wollte Cyrus wissen.

Sie zuckte die Schultern und betrachtete den Löffel genauer. „Ich weiß nicht mehr genau, aber ich denke ja. Jedenfalls kann ich mich an diesen schwarzen Fleck nicht erinnern. Aber im Laden war es auch recht schummrig."

„Na, siehst du, Cyrus! Er hat sie zu uns geschickt und das mit gutem Grund! Das ist ja jetzt wohl klar", triumphierte George.

„So scheint es zumindest", gab Cyrus zu.

„Also, wenn er ihr sogar Puppenaugen verkaufen wollte, ist es wirklich dringlich", gab Frederic zu Bedenken.

„Ja, und deshalb muss Aimée auch bei uns bleiben", fasste George zusammen.

„So sieht es aus", entgegnete Cyrus nachdenklich. „Allerdings verstehe ich nicht, was der alte Artkis damit bezwecken wollte. Sie ist immerhin ein ... ein ..." Cyrus stockte.

„Ja, ich bin ein Mädchen. Das weiß ich selbst. Und übrigens, Cyrus, *sie* ist anwesend. Rede also nicht so über mich, als wäre ich gar nicht da", fauchte Aimée. Es reichte ihr langsam.

Cyrus blickte sie erstaunt an. „Tut ... tut mir leid", entschuldigte er sich aufrichtig.

Aimée verschränkte die Arme vor der Brust. „Na also, es geht doch."

George grinste schief. „So kratzbürstig, wie du zu unserem guten Cyrus bist, Süße, frage ich mich, ob du überhaupt Schutz brauchst."

Aimée schaute ihn verwirrt an. „Wer sagt, dass ich Schutz brauche?“

Cyrus hob den Löffel hoch. „Dieser hier!“

Kapitel 6

*Und jedem Anfang wohnt ein Zauber inne, der uns bes-
chützt und der uns hilft, zu leben.*
Hermann Hesse

„Moment mal, ein alter Teelöffel sagt euch, dass ich Schutz benötige?" Aimée war kurz davor, den medizinischen Notdienst anzurufen.

Die drei Jungs nickten einvernehmlich.

„Wow, ihr seid euch ausnahmsweise ja mal einig", staunte Aimée. Diese Tatsache wunderte sie fast noch mehr, als die ominöse Löffel-Nachricht. Sie überblickte schon lange nichts mehr. Was hatten nur alle mit diesem Teelöffel? Erst faselte dieser Artkis Ramschus so verwirrendes Zeugs und nun auch noch die Jungs. Dann fiel Aimée noch etwas ein. „Also, ich weiß nicht, ob es eine Rolle spielt, aber als er mir den Löffel überreichte, sagte er so einen merkwürdigen Vers auf. Irgendetwas mit ‚herumtanzen‘ oder so. Ich erinnere mich nicht mehr genau." Sie überlegte angestrengt.

„Hm, vielleicht so etwas wie: Li-La-Löffelstiel, tanz herum, sieh nicht so viel?", fragte Frederic.

„Ja! Genau das war es. Ich hielt es für einen Kinderreim oder Ähnliches. Jedenfalls konnte ich nichts damit anfangen."

„Ein Schutz, der ein bewegliches Objekt vor Verfolgern unsichtbar macht. Ziemlich clever, der alte Artkis", sinnierte Cyrus.

„Wie auch immer", bemerkte George entschlossen. „Auf jeden Fall solltest du erst mal bei uns bleiben."

Cyrus nickte bedächtig. „Ja, das meine ich auch. Allerdings möchte ich noch klären, warum du ausgerechnet zu uns geschickt worden bist. Unser Aufgabenfeld passt einfach nicht dazu."

„Du meinst, sie hätten sie zu einer Kämpfersippe schicken sollen?", überlegte Frederic laut.

„Nein, ich frage mich, warum wir überhaupt für den Schutz eines ... für ihren Schutz zuständig sein sollen. Wie passt das zusammen? Sie ist ... na ja, sie ist eben, was sie ist, und normalerweise würde der Rat sich nie in deren Belange einmischen. Wir haben unser Inkognito zu wahren." Cyrus betrachtete den Teelöffel nachdenklich. „Ob das eine Prüfung ist, die uns der Rat auferlegt hat?"

„Äh, hallo, könnte mich mal jemand aufklären? Was für ein Rat? Was für Kämpfer? Worüber redet ihr überhaupt? Und was heißt hier ‚deren Belange‘?" Aimée stemmte energisch die Hände in die Hüften.

„Die Belange der Menschen", erklärte George frei heraus.

„Bitte was?", prustete Aimée los.

„George!", fuhr ihn Cyrus an. „Kein Wort mehr! Dann wandte sich Cyrus wieder an Aimée: „Weißt du, wer oder was dich bedroht?"

Sie nickte. Bei dem Gedanken an die Ereignisse der letzten Tage legte sich ein Schatten über ihr Herz. „Um ehrlich zu sein, bin ich vor meinem Bruder auf der Flucht. Er ist anscheinend in krumme Geschäfte verwickelt. Ich habe etwas beobachtet und nun –".

„Und dein Bruder ist ein normaler Mensch?", unterbrach sie Frederic.

„Natürlich ist er ein Mensch! Er ist mein Bruder. Was sollte er sonst sein? Aber je mehr ich euch reden höre, habe ich den Eindruck, dass ihr nicht ganz normal seid, wenn ich ehrlich bin", entrüstete sich Aimée.

„Sind wir auch nicht." George grinste und zwinkerte ihr zu.

„Sei still!", fuhr Cyrus dazwischen. „Sie braucht nicht mehr zu wissen als nötig!"

„Aber ich dachte, wenn sie hierbleibt und wir sie schützen sollen, wäre es sinnvoll, wenn sie weiß, wer wir sind", wandte George ein.

„Vorerst nicht. Ich werde erst mal den Rat anrufen", entschied Cyrus. „Aimée, hier nimm den Löffel und stecke ihn wieder ein. Noch funktioniert er. So kann dich keiner deiner Verfolger finden. Verlass jedoch auf keinen Fall allein das Haus. Versprich mir das!" Seine Stimme hatte einen warmen Klang, und augenblicklich wurde Aimée ganz flau im Magen. Wie machte er das nur? Eben hatten sie sich fast noch gezofft, doch schon kurze Zeit später schien er regelrecht besorgt um sie.

Sie griff nach dem Teelöffel und für einen Moment berührten sich ihre Hände. Die Berührung war wie ein kleiner elektrischer Schlag. Sie zog ihre Hand weg und antwortete: „Okay, ich verspreche es."

Cyrus fuhr sich durch die dunklen Haare. „Gut, bleib in der Nähe von George und Frederic. Sobald ich die Lage geklärt habe, komme ich zurück." Damit verließ er eilig die Küche.

„Unser vernünftiger Cyrus", sagte Frederic und lächelte. „Im Notfall kann man sich immer auf ihn verlassen. Aber die Liebe ist nicht vernünftig. Sie ist wild und leidenschaftlich. Das wird er nie verstehen."

„Was hat denn die Liebe jetzt damit zu tun?“, wollte Aimée wissen.

Doch Frederic lächelte nur geheimnisvoll und antwortete ihr nicht.

„Ich schlage vor, wir gehen in unser Gemeinschaftszimmer und gucken uns einen Film an, bis Cyrus zurück ist. Komm, Aimée.“ George griff nach ihrer Hand und zog sie mit sich.

Sie folgte den Jungs durch den Flur und stieg mit ihnen die steile Treppe hinauf in die oberste Etage.

Hier gab es, außer den Zimmern von George und Jeremy, nur noch einen Raum – und dieser war riesig. Die Dachschrägen gaben dem Raum eine gewisse Gemütlichkeit. Die Fenster gingen zum Hof ab. An der hinteren Wand befand sich ein riesiger Flachbildschirm und davor eine ausladende Couchecke und einige Sessel. Auf dem Tisch lagen halb leere Tüten Salt-and-Vinegar-Chips. Im vorderen Bereich befand sich ein Snookertisch. Die Wände waren gesäumt von Regalen, die vollgestopft waren mit DVDs und Konsolenspielen. Aimée war beeindruckt.

„Für ein Studentenleben nicht schlecht.“

„Jetzt weißt du auch, warum ich hier oben ein Zimmer haben wollte. Da ist der Weg vom Sofa ins Bett kürzer. Auch wenn das bedeutet, dass ich Tür an Tür mit Jeremy wohnen muss.“ George fläzte sich in einen Sessel.

„Ist er so schlimm?“, fragte Aimée.

„Schlimmer!“, antwortete Frederic und verdrehte die Augen.

„Meint ihr, er macht auch so ein Theater wie Cyrus, wenn er mich kennenlernt?“

„Nein, er interessiert sich nicht für andere Leute. Er wird es vermutlich nicht einmal bemerken, dass du da bist. Abgesehen davon, dass er so gut wie nie zu Hause ist", erklärte Frederic.

„Aber wenn er da ist, ist es echt schlimm." George angelte in einer der Chipstüten nach ein paar Krümeln.

„Ja, verdammt schlimm!", bestätigte Frederic.

„Na, das klingt ja heiter." Aimée seufzte.

„Was möchtest du gerne sehen, Süße?", unterbrach George die trüben Gedanken.

„Keine Ahnung. Was habt ihr denn?"

Frederic machte eine ausladende Handbewegung. „Such dir was aus."

Aimée begann, die Regale mit den DVDs abzugehen. „Da kann man sich ja gar nicht entscheiden. Vielleicht *Star Wars*?"

„Was immer du möchtest, Süße!"

„Wir sind für jede Schandtat bereit", erklärte Frederic. „Mit dir gucke ich sogar *Pretty Woman*."

„Hey, ihr habt *Sherlock – die Serie*. Die letzte Staffel habe ich noch nicht gesehen. Können wir die gucken?", fragte Aimée begeistert.

„Klar, obwohl die erste Staffel die beste ist." George nahm ihr die DVD-Box ab. „Ich steh total auf Irene Adler!"

„Und du? Stehst du eher auf Dr. Watson oder auf Sherlock Holmes?", wollte Frederic wissen.

Aimée lächelte. „Ich mag Benedict Cumberbatch."

Frederic grinste breit. „Gut zu wissen."

Den halben Tag lang fläzten sie auf der Couch herum und guckten gemeinsam Filme. Aimée fühlte sich so entspannt wie schon lange nicht mehr. Hier oben unter dem Dach lagen all ihre Probleme scheinbar in weiter Ferne. Sie konnte mit den Jungs zusammen in fremde Welten abtauchen und lachen. George wusste viel über die Schauspieler zu berichten und auch ganz genau, wer gerade mit wem eine Liebesbeziehung hatte. Aimée hatte fast den Eindruck, dass George jedes Klatschblatt las, das es im Zeitungshandel gab. Frederic dagegen behauptete, mit der Hälfte der Schauspielerinnen angebandelt zu haben.

Aimée glaubte ihm kein Wort. „Du spinnst doch, Frederic.“

„Nein, wirklich. Die war echt der Hammer. Und die, die da gerade zu Tür rein kommt … nee, die war mies“, kommentierte er eine Filmszene und zeigte auf die Hauptdarstellerin.

„Halt die Klappe, alter Angeber!“, rief George und bewarf Frederic mit Chips, und Aimée lachte so befreit, wie sie schon lange nicht mehr gelacht hatte.

Nachmittags bestellte George beim Lieferdienst zwei extra große Pizzen. Als sie in der Küche saßen und aßen, blickte Aimée auf die Uhr. „Wann kommt Cyrus eigentlich zurück?“

Frederic hob fragend eine Augenbraue. „Vermisst du ihn etwa?“

„Nein, ich dachte nur gerade, dass es schon ganz schön spät ist. Wie weit ist denn dieser Rat entfernt, an den er sich wenden wollte?“

„Weiter, als du es dir vorstellen kannst.“ George biss genüsslich in ein Stück Salamipizza.

„Sollten wir ihm nicht ein Stück aufheben?“ Aimée betrachtete die fast leeren Pizzakartons.

George winkte ab. „Wenn er kommt, ist die sowieso schon kalt. Und so bleibt mehr für uns."

„Na, ihr seid ja tolle Freunde." Aimée griff sich das vorletzte Stück Salamipizza aus dem Karton und legte es auf ihren Teller, rührte es aber nicht an. Sie wollte Cyrus wenigstens ein Stück aufheben.

In diesem Moment klingelte ein Handy. Frederic stand auf und griff in seine Hosentasche. Er holte sein Smartphone hervor. „Hallo?" Er lauschte einen Augenblick und sagte dann: „Ja, geht klar. Kein Problem. Ich bin pünktlich dort."

Dann legte er auf und sagte: „Ich muss heute Abend unerwarteterweise arbeiten. Ein Kollege ist krank geworden. Kommt ihr beide allein klar?"

„Ich denke schon", beteuerte Aimée, während George den Kopf schüttelte. „Vergiss es! Cyrus hat doch ausdrücklich gesagt, dass wir beide auf Aimée aufpassen sollen."

„Na, dann kommt halt mit", schlug Frederic vor.

„In den Club? Nun, warum nicht." George zuckte die Schultern.

„Aber ich habe Cyrus doch versprochen, hierzubleiben", gab Aimée zu bedenken.

„Irrtum meine Süße, du hast ihm versprochen, nicht ohne uns beide vor die Tür zu gehen, und wir gehen ja zusammen zum Club, es kann also gar nichts passieren."

„Ich weiß nicht." Sie zögerte. Was, wenn nun Cyrus zurückkam und sie waren nicht da? Konnte dieser Löffel sie wirklich schützen, wenn sie sich in die Öffentlichkeit begab? Andererseits, überlegte Aimée, würden die Schläger von Nathan sie in einem Club bestimmt als Letztes suchen.

„Ach, komm schon", warf George ein. „Was soll schon passieren? Du hast doch noch den Löffel und der ist noch nicht verbraucht. Wenn der erst mal komplett schwarz ist, sitzen wir noch genug zu Hause rum. Es sei denn, Cyrus kommt mit hilfreichen Infos zurück. Außerdem bin ich mit meiner Abschussliste im Soll-Bereich. So ein kleiner Ausflug kann also nicht schaden." George rieb sich voller Vorfreude die Hände.

„Was meinst du mit Abschussliste?", fragte Aimée.

„Das ist so etwas wie meine To-do-Liste. Frag lieber nicht, sonst besteht die Gefahr, dass ich dir antworte, und dann reißt mir Cyrus den Kopf ab, Süße."

„Äh, ja ..." Aimée verstand zwar nur die Hälfte von dem, was George sagte, aber sie wollte nicht Cyrus' Stelle als WG-Spießer einnehmen und gab sich geschlagen. „Also gut."

„Hervorragend! Das wird ein Spaß!"

„Bleibt nur noch eine Frage zu klären ...", sagte Frederic mit einem Blick zu George.

Dieser verstand ihn genau. „Wer ist zuerst im Bad?!"

Beide Jungen sprangen auf und stürmten los. Aimée blieb kopfschüttelnd in der Küche zurück. Sie räumte die Teller zusammen und stellte ihr sichergestelltes Stück Pizza für Cyrus in den Kühlschrank. Danach ging sie in ihr Zimmer und legte etwas Wimperntusche und Lipgloss auf. Sie hatte ihr T-Shirt gegen ein enges Top eingetauscht und bürstete zum Schluss ihre Haare, bis sie ihr seidig über die Schultern fielen. Das musste genügen. Bevor sie das Zimmer verließ, warf sie einen prüfenden Blick in den Spiegel an der Schranktür. In

Anbetracht ihrer geringen Klamottenauswahl gar nicht so übel, fand sie.

Doch dann traf sie im Flur auf Frederic und George, und prompt kam sie sich neben ihnen vor wie ein hässliches Entlein.

George hatte seine blonden Locken mit Gel gestylt, seine weißen Shorts gegen eine schwarze Lederhose eingetauscht und dazu passend eine Lederjacke übergeworfen. Darunter blitzte seine nackte Brust hervor.

„Ähm, ist dir das nicht zu kalt?"

„In deiner Begleitung, Süße, wird mir garantiert nicht zu kalt werden." Er zwinkerte ihr zu.

Aimée pustete eine Haarsträhne aus dem Gesicht und lachte. „Du bist unverbesserlich."

„Und wie gefällt dir mein Outfit?", fragte Frederic. Er drehte sich vor Aimée einmal um sich selbst. *Du bist ein ganz schöner Narzisst, mein Lieber*, dachte sie, sagte aber stattdessen: „Ja, du siehst auch heiß aus. Auch wenn dein Hemd so eng ist, dass man jeden Muskel darunter sieht."

„Selbstredend", grinste Frederic. „Sexy, aber mit Stil!"

„Na, dann kommt, Mädels", rief George, während er sich eine Zigarre in den Mund steckte. „Die Nacht gehört uns!"

KAPITEL 7

Gib mir den Pfeil Amor, ich mach den Scheiß jetzt selbst.
George

Der Black Hole Club war einer der neueren Szeneläden in London. Aber auch wenn dieser Nachtclub schon länger existiert hätte, hätte Aimée ihn wohl nicht gekannt. Nicht nur, dass er zu der Sorte Clubs gehörte, in die man erst ab einundzwanzig reingelassen wurde, auch beschränkte sich ihre Erfahrung mit dem Nachtleben auf einige Pubs und Läden, die man ab sechzehn Jahren betreten durfte. Im vergangenen Jahr hatte Aimée öfter mal bei ihrer Freundin in Chelsea übernachtet und die beiden Mädchen hatten die Chance genutzt, sich, soweit es ihre Eltern zuließen, ins Nachtleben zu stürzen.

Doch es waren nur wenige Abende unbeschwerter Feierlaune gewesen. Kurz darauf war ihr Vater verstorben und Nathan hatte ihr nicht mehr erlaubt, bei ihrer Freundin zu übernachten. Zunächst hatte Aimée eingesehen, dass es nach dem Tod ihres Vaters nicht angebracht war, tanzen zu gehen, aber irgendwann wurde ihr klar, dass Nathan andere Gründe hatte, ihr den Ausflug ins Nachtleben zu verbieten. Als sie ihn gefragt hatte, warum sie nicht mehr weggehen durfte, hatte er ihr eiskalt eröffnet, es schicke sich nicht für eine junge Frau, die bald die Verlobte seines Geschäftspartners werden würde.

Aimée hatte fast der Schlag getroffen. Sie war gerade mal siebzehn und sollte einen ihr unbekannten Mann heiraten, nur weil er Geschäfte mit ihrem Bruder machte?

Natürlich war sie ganz und gar nicht einverstanden gewesen und sagte dies ihrem Bruder geradeheraus. Doch ihren Bruder interessierte ihre Meinung nicht. Als sie daraufhin gedroht hatte, das Anwesen zu verlassen, hatte Nathan sie ohne Vorwarnung so heftig ins Gesicht geschlagen, dass Aimée zu Boden gestürzt war. Er hatte sie gepackt und in ihr Zimmer geschleift, wo er sie ganze zwei Wochen eingesperrt hielt. So lange dauerte es auch, bis die Schwellung und das Hämatom, welches ihre gesamte linke Gesichtshälfte überzog, wieder verschwunden waren. Nur der Butler Charles brachte ihr regelmäßig das Essen hinauf. Ansonsten hatte Nathan jeden Kontakt zur Außenwelt unterbunden. Sogar ihr Smartphone hatte er ihr weggenommen.

Nach zwei Wochen hatte sie sich schließlich reumütig und einsichtig gezeigt. Es war ihr Glück gewesen, dass Nathan ihr geglaubt hatte. Nur so war es ihr überhaupt möglich gewesen, zu fliehen. Doch sie hätte sich im Traum nicht ausmalen können, wohin ihre Flucht sie führen würde.

Das Taxi hielt direkt vor dem Club und die drei stiegen aus. Es standen bereits einige Leute in einer Schlange vor der Tür, aber der Türsteher ließ sich mit dem Einlassen der einzelnen Gäste Zeit. Der Club hatte gerade erst geöffnet. Frederic winkte dem Türsteher zu und sie kamen ohne Probleme an den Wartenden vorbei in den Club. Der Türsteher wollte nicht einmal ihren Ausweis sehen und das, obwohl George noch jünger aussah als Aimée.

Noch war es früher Abend und der Club füllte sich nur langsam. Es gab drei Tresen und eine Tanzfläche über zwei Ebenen, die aber zu diesem frühen Zeitpunkt noch fast leer war. Als Erstes belegten ein paar vergnügte Partygänger die Lounge-Ecken im hinteren Bereich. Die Bar, an der Frederic seinen Dienst aufnahm, war ebenfalls gut frequentiert. Vor allem die weiblichen Gäste strömten an die Theke, sobald Frederic dahinter auftauchte. Sie belegten in kürzester Zeit alle verfügbaren Barhocker und schmachteten Frederic an, der sich ganz besonders charmant gab, während er in einer teuflischen Geschwindigkeit Drinks mixte.

Aimée und George hatten zwei Barhocker am Ende des Tresens ergattert und beobachteten das Treiben. Während George die Tür und alle ankommenden Gäste fixierte, als ob er jemand Bestimmten suchte, beobachtete Aimée Frederics Showeinlagen.

Eine wunderschöne Schwarzhaarige in einem engen roten Kleid lehnte neben Aimée an der Bar und winkte Frederic zu.

„Hallo, Emilia, was darf ich dir bringen?", erkundigte sich Frederic.

„Deinen scharfen Spezialcocktail", antwortete die Frau und klimperte mit ihren langen Wimpern. Sie strahlte etwas Verbotenes aus.

Frederics Lächeln vertiefte sich. Aimée beobachtete die Szene und fand, dass die Frau in ihrer überirdischen Schönheit perfekt zu Frederic gepasst hätte. Sie wirkten beide wie zwei Seiten einer Medaille. Er strahlend hell und so anziehend wie ein Sonnengott und sie düster und geheimnisvoll wie die Tochter des Mondes.

„Und denk daran, ich nehme ihn extra scharf", rief E-
milia Frederic hinterher, der die Zutaten zusammen-
suchte.

Er drehte sich um und deutete eine Verneigung an:
„Für die Hexe meines Herzens tue ich doch alles."

Die Dunkelhaarige lächelte unergründlich. Als
Frederic ihr den Cocktail auf den Tresen stellte, beugte
sie sich zu ihm und flüsterte ihm etwas ins Ohr. Dann
lächelte sie erneut und drehte sich um. Aimée beobachtete, wie die Schönheit zu einer Sitzecke ging und
dort neben mehreren Männern Platz nahm.

Frederic kam zu Aimée und George rüber. „Na, möch-
tet ihr auch noch etwas trinken?"

George nickte und bestellte ein weiteres Glas Whisky,
während Aimée überlegte, ob sie noch eine weitere
Cola trinken sollte. „Ich weiß nicht", gab sie zu. „Ich
habe schon einen totalen Blubberbauch von der Cola."

„Vielleicht möchtest du mal etwas anderes probieren", bot Frederic an. „Ich kann dir unsere Cocktail-
karte bringen."

Er reichte ihr die Karte und Aimée las sie.

„Welcher ist denn dieser Cocktail, den die Frau eben
bestellt hat?", fragte Aimée.

„Ach, du meinst meine Spezialmischung? Die steht da
nicht drauf. Die habe ich selbst kreiert. Möchtest du einen probieren?"

„Nur wenn da nicht zu viel Alkohol drin ist."

„Ich mache eine leichte Mischung für dich", sagte Frederic und zwinkerte ihr zu, während er nach ein paar
frischen Orangen griff.

Kurze Zeit später stand ein orangener Cocktail vor
Aimée. Sie nahm einen Schluck. „Oha!", entfuhr es ihr.

Nicht weil etwa zu viel Alkohol drin war, sondern weil sie nicht mit der fruchtigen Schärfe des Cocktails gerechnet hätte.

„Zu viel Chili?", fragte Frederic.

Aimée hustete kurz. „Nein, nein geht schon. Es kam nur so … überraschend."

Er nickte wissend. „Nur wer scharf trinken kann, kann auch scharf lieben, sage ich immer. Aber pass auf die Cocktailkirsche auf. Ich habe sie in Zucker und Chilipulver gewendet."

Sie biss in die Kirsche. „Echt höllisch!"

George zog eine Augenbraue hoch.

„Höllisch gut", ergänzte Aimée.

Frederic lachte. „Sag ich doch."

Je später es wurde, desto mehr füllte sich auch die Tanzfläche. Die ersten Frauen tanzten. Die Männer standen mit ihren Drinks am Rand und beobachteten das Treiben.

„Typisch", sagte George und grinste. „Die Typen brauchen immer viel länger, bevor sie sich auf die Tanzfläche trauen. Und meistens einen gewissen Pegel."

„Warum tanzt du nicht?", fragte Aimée.

„Nein, ich habe Wichtigeres zu tun." Er stützte sich lässig am Tresen ab.

„Und das wäre?", wollte Aimée wissen. „Du siehst aus, als würdest du jemanden suchen."

George sah sie einen Moment lang an, als überlegte er, was er auf ihre Frage entgegnen sollte, doch dann fragte er sie widererwartend: „Möchtest du denn gerne tanzen? Ich würde mich natürlich liebend gerne als dein Tanzpartner zur Verfügung stellen, Süße."

„Nein, danke." Sie winkte ab, sog an ihrem Strohhalm und beobachtete im Augenwinkel, wie Georges Blick erneut durch den Club wanderte. Ihr war nicht entgangen, dass er ihrer Frage ausgewichen war.

Zwei Stunden später war der Club brechend voll und die Musik hämmerte so laut aus den Boxen, dass man sich kaum unterhalten konnte. Auf der Tanzfläche bewegten sich die Nachtschwärmer im flackernden Licht zu den heißen Rhythmen. Frederics Blick wanderte immer wieder zu einem Mädchen mit blonden Locken hinüber. Sie tanzte wild umher und schwang ihre Hüften. Ihr kurzer Minirock rutschte gefährlich hoch und entblößte fast die unteren Kurven ihres Pos, doch das schien das Mädchen nicht zu stören. Sie ließ keinen Song aus und wirbelte ausgelassen über die Tanzfläche.

Frederic leckte sich über die Lippen. „Entschuldigt mich mal für einen Moment. Ich habe etwas zu tun." Er warf das Handtuch, welches er hielt, achtlos zur Seite und rief seinem Kollegen Bob zu: „Kannst du mich mal für ein paar Minuten vertreten?"

„Geht klar", antwortete dieser und schwang auch schon den Cocktailmixer.

Aimée beobachtete, wie Frederic zielstrebig auf die Tanzfläche zuhielt. Er begann, sich mit dem Takt der Musik zu bewegen, und innerhalb kürzester Zeit tanzten fast alle Frauen um ihn herum. Seine Bewe-gungen waren geschmeidig und elegant. Und obwohl ihn viele Damen mit ihren Blicken fast auszogen, hatte er sein Ziel wie ein geübter Jäger längst fest im Blick. Es war das blonde Mädchen, welches sich so zügellos gab. Nur wenig später legten die beiden einen so lasziven Tanz auf das Parkett, dass Aimée unwillkürlich an den Lieblingsfilm ihrer Mutter denken musste. Als sie klein war, hatten sie den Film *Dirty Dancing* oft zusammen geguckt. Manchmal hatte ihre Mutter sie sogar auf den Arm genommen und war mit ihr zusammen durch das Zimmer getanzt. Das waren noch schöne Zeiten gewesen. Während sie Frederic und dieses Mädchen beobachtete, breitete sich ein Gefühl von Traurigkeit aus. Sie vermisste ihre Mum schrecklich.

Sie wandte den Blick ab und trank den Rest ihres Cocktails aus. Als sie erneut zur Tanzfläche blickte, waren Frederic und das Mädchen verschwunden.

Es schien eine halbe Ewigkeit zu vergehen, bis Frederic wieder hinter der Bar stand. Sein Kollege legte nun eine kleine Pause ein und Frederic hatte alle Hände voll zu tun. Von dem blonden Mädchen war allerdings nichts mehr zu sehen.

Aimée entschuldigte sich kurz bei George und strebte den Waschräumen entgegen. Im hinteren Teil des Clubs führte ein Gang zu den Toiletten, der lediglich von einer indirekten Leuchtröhre in ein bläuliches Licht getaucht wurde. Als Aimée die Tür zu den Damentoiletten öffnete, drehten sich mindestens zwanzig Mädels zu ihr um, die in einer Warteschlange standen.

Sie ließ die Tür wieder zufallen. „Da mache ich mir ja in die Hose, bis ich drankomme“, murmelte sie. Sie beschloss, es bei den Herren-WCs zu versuchen. Wenn sie Glück hatte, war dort niemand drin und sie konnte kurz reinschlüpfen. Sie lief den Gang weiter, der nach rechts abknickte. Hier befanden sich die Herrentoiletten. Sie hatte Glück, es war niemand zu sehen, und so schlüpfte sie hinein, vorbei an den Pissoirs zu den geschlossenen Toiletten im hinteren Bereich. Sie lief eilig in die vorderste Kabine und schloss erleichtert die Tür hinter sich.

Als sie die Kabine wieder verließ, vernahm sie ein leises Wimmern. Es schien aus einer der hinteren Kabinen zu kommen.

„Hallo, ist dort jemand?", rief Aimée. Ihr klopfte das Herz bis zum Hals. Niemand antwortete. Sie ging langsam weiter und öffnete vorsichtig jede Kabinentür. Das Wimmern wurde lauter. In der hintersten Kabine entdeckte Aimée das blonde Mädchen. Es hockte auf dem Boden und ihre Haare waren ganz zerzaust. Ihr kurzer Rock war bis zur Taille hochgeschoben. Obwohl sie vor sich hin wimmerte, hatte sie ein verklärtes Lächeln auf den Lippen und ihr Blick wirkte wie verschleiert.

Erschrocken beugte sich Aimée zu dem Mädchen hinab. „Hey, was ist los mit dir?"

„Mit mir? Gar nichts. Was soll denn los sein?" Ihre Stimme war piepsig.

„Du siehst aus, als bräuchtest du Hilfe", versuchte es Aimée erneut.

Das Mädchen schüttelte den Kopf. „Nein, alles ist gut. Glaube ich zumindest."

„Bist du sicher? Du bist weiß wie die Wand."

Das Mädchen schien durch Aimée hindurchzuschauen, so als würde sie sie gar nicht richtig wahrnehmen.

„Komm, ich helfe dir auf." Aimée griff nach dem Arm des Mädchens und zog sie hoch. Sie schien etwas wackelig auf den Beinen zu sein. Langsam führte Aimée das Mädchen nach vorne zu den Waschbecken.

„Es geht schon", sagte das Mädchen.

„Wirklich? Soll ich nicht Hilfe holen?", erkundigte sich Aimée.

Das Mädchen schwankte leicht und griff Halt suchend nach dem Rand des Waschbeckens. Sie sah aus, als müsste sie sich gleich übergeben. Aimée griff erneut nach ihr und hielt sie fest. Beinahe wäre das Mädchen gestürzt.

„Pass doch auf! Hast du zu viel getrunken?"

Die Blonde schüttelte den Kopf. „Getrunken? Nein, ich trinke nur Cola, wenn ich tanzen gehe. Sonst halte ich nicht bis zum Ende durch."

„Du siehst aber aus, als hättest du irgendetwas eingenommen", bemerkte Aimée kritisch. „Drogen, oder so?" Und plötzlich keimte in ihr ein schlimmer Verdacht auf. Frederic hatte dem Mädchen doch wohl nicht irgendetwas gegeben? So schätzte Aimée ihn eigentlich nicht ein, aber was konnte sie nach einem Tag schon wirklich über ihn wissen?

„Quatsch! Ich hatte Sex", erklärte die Blonde und lächelte selig. „Ja, ich glaube, ich hatte den besten Sex meines Lebens."

„Auf dem Klo?" Aimée zog die Stirn kraus. „Bist du sicher?"

„Ja, natürlich bin ich sicher ... obwohl ... da ist dieser Nebel. Es wird so undeutlich. Ich ..."

Plötzlich sackten der Blonden die Beine weg. Aimée griff nach ihr, konnte das Mädchen aber nicht schnell genug auffangen. Die Blonde fiel auf den Fliesenboden und grinste dümmlich.

„Es hat sich so verdammt gut angefühlt. Aber jetzt ... jetzt fühle ich mich so schwach und so müde. Lass mich einfach ein paar Minuten ausruhen, okay?"

„Du musst wieder aufstehen."

„Nein, ich will nicht. Ich will hier sitzen bleiben."

„Warte hier, ich hole lieber Hilfe." Aimée stürzte aus dem Waschraum und bahnte sich ihren Weg durch den nun brechend vollen Club zurück zur Bar.

Hastig winkte sie Frederic zu sich. Als er sich über den Tresen beugte, packte ihn Aimée wütend am Hemdkragen. „Sag mal, was hat das denn zu bedeuten? Ich habe eben das Mädchen auf dem Klo getroffen, mit dem du verschwunden warst. Sie kann nicht mal mehr gerade stehen! Sie hockt im Herrenklo und ist ganz weggetreten!"

George und Frederic machten große Augen. Dann lächelte Frederic selbstzufrieden. „Ich bin eben verdammt gut!"

„Ach ja? Sie sah mehr tot als lebendig aus. Sie schwankte hin und her und hätte sich fast ins Waschbecken übergeben. Dann ist sie plötzlich zusammengebrochen. Jetzt sitzt sie da, und ich bekomme sie nicht mehr auf die Beine."

Für einen Moment wirkte Frederic betroffen. „Oh, da habe ich wohl etwas übertrieben. Sie wirkte so voller Energie, und als ich sie verlassen habe, ging es ihr noch gut. Tja, leben und lernen. Das nächste Mal sollte ich wohl weniger nehmen."

„Was meinst du mit weniger nehmen? Hast du Mistkerl ihr etwa Drogen verabreicht, um sie gefügig zu machen?" In Aimées Augen loderte nun wilder Zorn. Sie zerrte heftig an seinem Kragen.

„Nein! Aimée, Liebes. Wie kannst du nur so von mir denken? Ich habe es nicht nötig, Frauen mit Hilfsmitteln gefügig zu machen. Sie geben mir alles freiwillig, und ich gebe ihnen im Gegenzug ein Gefühl, das sie noch nie hatten. Glaub mir."

„Du bist widerlich! Sie ist völlig fertig, und du willst mir weis machen, sie hat es – was auch immer du mit ihr angestellt hast – genossen?" Aimées Stimme überschlug sich fast.

„Bitte, Aimée, lass mich los. Du musst dir keine Sorgen machen. Wirklich! Wenn sich die Kleine ein wenig ausgeruht hat, geht es ihr wieder blendend. Ein bis zwei Tage sollten genügen. Obwohl ... so, wie sie abgegangen ist, vielleicht auch drei."

George griff sanft nach Aimées Hand und löste ihre Finger von Frederics Hemd.

„Drei Tage?", entfuhr es Aimée. „Sag mal, was bist du? Ein Vampir?"

Frederic und George wechselten einen Blick und brachen dann in schallendes Gelächter aus.

„Das finde ich gar nicht witzig!" Aimée warf den beiden Jungs einen giftigen Blick zu.

„Du musst dir um die Kleine wirklich keine Sorgen machen", beteuerte Frederic erneut. Seine blauen Augen funkelten und er wollte Aimées Hand ergreifen, doch sie zog sie weg.

„Ach nein? Um ganz ehrlich zu sein, hielt ich dich bisher nur für einen flatterhaften Charmeur, aber dass du so ein herzloses Schwein bist, hätte ich nicht gedacht."

Frederic schaute sie verdutzt an. „Ich kann doch nichts dafür. Okay, ich war wohl etwas zu heftig. Ich werde mich in Zukunft etwas mehr zurückhalten. Sei nicht böse mit mir. Bitte! Ich ertrage es nicht, wenn Frauen sauer auf mich sind." Er guckte sie an wie ein treuer Dackel, den man dabei erwischt hatte, wir er gerade auf den Teppich gepinkelt hatte. Diesen Blick hatte er wirklich perfekt drauf. Aimée war fassungslos.

„Du gehst sofort nach hinten und kümmerst dich um das Mädchen. Ansonsten rufe ich die Polizei. Oder deinen Chef oder beides …"

„Schimpf nicht mit ihm", mischte George sich ein. „Das macht Cyrus schon oft genug. Frederic kann wirklich nichts dafür. Es liegt in seiner Natur. Er lernt ja noch. Ich bringe das mal in Ordnung", sagte George und zog seine Lederjacke aus. Mit freiem Oberkörper stolzierte er in Richtung der Toiletten.

„Was hast du vor?", rief Aimée, aber George hörte sie nicht mehr.

Sie warf Frederic noch einen vernichtenden Blick zu, dann eilte sie George hinterher.

Es bereitete ihr Mühe, sich zwischen den tanzenden Clubgästen hindurch zu drängen und schon nach kurzer Zeit hatte sie George aus den Augen verloren. Ein schmächtiger Typ in Polohemd und mit auffallenden Segelohren hielt Aimée am Arm fest. „Hey, Kleine, möchtest du tanzen?"

„Nein", fuhr sie ihn heftiger als gewollt an. „Und wage es nicht noch einmal, mich ‚Kleine' zu nennen!"

Er zuckte zurück. „Sorry, ich habe ja nur gefragt."

Sie erreichte den Gang zu den Waschräumen und lief ihn entlang. Als sie beim Herren-WC ankam, stand die Tür offen. An der gegenüberliegenden Wand hockte immer noch das blonde Mädchen. Ihre glasigen Augen waren auf George gerichtet, der breitbeinig vor ihr stand. Er hatte den Rücken zur Tür gewandt, und was Aimée sah, ließ sie jedes Wort vergessen, das auf ihrer Zunge lag. Die Haut im Bereich seiner länglichen

Narben zwischen den Schulterblättern bewegte sich. Etwas schien nach außen zu drücken, und nur Sekundenbruchteile später erstreckten sich zwei kleine weiße Flügel zwischen seinen Schulterblättern. Schneeweiße Federn wie bei einem Engel blitzten im Neonlicht des Waschraums auf.

Aimée klappte der Unterkiefer runter. Sie glaubte zu träumen.

George vollführte unterdessen mit seiner Hand seltsame Bewegungen in der Luft und im nächsten Moment schälte sich ein silberner Bogen aus dem Nichts. George ergriff ihn, während in seiner anderen Hand ein schillernder Pfeil erschien. Er legte den Pfeil auf die Sehne und zielte auf das blonde Mädchen.

„Nein!", entfuhr es Aimées Kehle. Sie stürzte auf das Mädchen zu, doch da steckte der Pfeil auch schon in ihrer Brust. Die Augen des blonden Mädchens weiteten sich kurz vor Schreck, dann starrte sie ungläubig auf den Pfeil in ihrer Brust.

„Was hast du nur getan, George!", schrie Aimée.

„Das, was ich tun musste, damit alles ein glückliches Ende nimmt." George zuckte die Schultern.

Doch Aimée beachtete ihn gar nicht. Sie legte ihren Arm um das Mädchen. „Alles wird gut, wir holen sofort einen Notarzt."

„Es tut gar nicht weh. Es zieht nur so komisch in meinem Herzen." Das Mädchen schaute Aimée mit ihren glasigen Augen an.

„Sch, ganz ruhig. Du stehst unter Schock."

„Was ist denn hier los?", erklang eine Stimme von der Tür her. Sie gehörte zu dem Typen, der Aimée vor wenigen Minuten angesprochen hatte.

Ohne zu zögern, drehte sich George um. Wie aus dem Nichts hatte sich ein zweiter Pfeil in seiner Hand materialisiert. In Sekundenbruchteilen traf der Pfeil in die Brust des Jungen.

Dieser riss den Mund weit auf, aber kein Laut drang aus seiner Kehle. Aimée verfolgte staunend, wie der Pfeil in der Brust des Jungen sich nun auflöste und in feinen Silberstaub zerfiel. Ebenso der Pfeil in der Brust des Mädchens, welches sie noch immer im Arm hielt. Ihr Blick wurde mit einem Mal wieder erstaunlich klar und richtete sich auf den Jungen, der in der Tür stand. Dieser blickte ebenso gebannt auf die Blonde hinab.

„Da bist du ja, mein Engel", sagte er. „Ich habe dich schon überall gesucht."

„Wie bitte?" Aimée blickte verwirrt von einem zum anderen.

Das Mädchen rappelte sich hoch. „Du warst es doch, oder? Du warst der scharfe Typ, mit dem ich gerade ..." Sie kicherte. „Für einen Moment hatte ich fast vergessen, wie du aussahst. Du hast mir den Boden unter den Füssen weggerissen, weißt du das?"

Der Junge grinste verlegen. „Ich will dir jederzeit den Boden unter den Füssen wegziehen, wenn du das möchtest, mein Engel."

Sie lief zu ihm und fiel ihm in die Arme, dann küssten sie sich leidenschaftlich.

Aimée war von den Ereignissen leicht schwindelig. War das alles nur ein Traum? Was passierte hier?

George drehte sich zu ihr um. Seine Flügel waren verschwunden, ebenso der silberne Bogen. „Kommst du, Süße? Ich glaube, wir müssen reden."

Aimée folgte George zurück zur Bar. Fassungslos starrte sie auf seinen Rücken. Zwischen seinen Schulterblättern waren nur noch die blassen Narben zu sehen.

KAPITEL 8

Nichts ist trügerischer als eine offenkundige Tatsache.
Sherlock Holmes

Aimée wollte nach den Ereignissen den Club sofort verlassen, und da Frederic noch einige Stunden arbeiten musste, fuhren George und sie allein nach Hause.

Sie hatte George den ganzen Weg zurück mit ihren Fragen bedrängt, doch er vertröstete sie auf später. „Du wirst alles erfahren, wenn wir wieder zu Hause sind", hatte George immer wieder gesagt. Zum ersten Mal, seit sie ihm begegnet war, wirkte er ungewohnt ernst und still.

Als sie den engen Hausflur betraten, blieb Aimée stehen und stemmte die Hände in die Hüften. „Also, was ist jetzt mit der Erklärung?"

George seufzte. „Lass uns in die Küche gehen."

Sie stiegen die Treppe nach oben und betraten die Wohnküche. Hier saß ein wahrer Hüne von Mann am Küchentisch und vertilgte das Stück Pizza, welches Aimée vor Stunden in den Kühlschrank gelegt hatte.

Der Hüne sah von dem Teller auf und stutzte. „Oh, du bringst Besuch mit, George?" Er legte seinen Kopf schief und schaute Aimée neugierig an. „Wie ungewöhnlich", bemerkte er mit einem Seitenblick auf seinen Mitbewohner.

„Nein, sie ist kein Besuch, sie wohnt seit gestern bei uns", klärte George ihn auf.

„Du machst Witze? Sie ist ein Weibchen!" Der Hüne riss die Augen auf.

Wenn dieser Abend nicht schon bizarr genug gewesen wäre und Aimée längst an den Rand ihres Verstandes gebracht hätte, sie hätte über die Formulierung *Weibchen* lauthals gelacht. Wie redete der Typ denn? Als wäre sie irgendein Haustier und kein menschliches Wesen. Aber statt loszuprusten, stellte sie sich vor. „Ich heiße Aimée, und das Stück Pizza, das du gerade gegessen hast, war eigentlich für Cyrus bestimmt."

„Oh, das … das tut mir leid." Der Riese war sichtlich verlegen. „Das wusste ich nicht."

„Schon gut", winkte Aimée ab. „Er scheint ja noch nicht da zu sein."

Der Hüne erhob sich von dem Stuhl und schien mit seiner Körpergröße die gesamte Küche auszufüllen. Er war nicht nur riesig, sondern auch so muskelbepackt wie ein Schwergewichtsboxer. Seine Haut hatte die Farbe von Ebenholz, und als er Aimée nun anlächelte, entblößte er eine Reihe schneeweißer Zähne. Er ergriff Aimées Hand. Seine Hände waren groß und umschlossen die ihre. „Ich heiße Christopherus, aber du darfst gerne Chris zu mir sagen. Das tun alle."

„Gerne." Neben Chris kam sich Aimée wie eine zerbrechliche Puppe vor. Bei ihm musste sie sofort an einen heldenhaften Gladiator aus einem alten Film denken.

„Bitte entschuldige meine unhöfliche Bemerkung. Es ist nur so, dass in dieser WG Damen strengstens verboten sind. Sonst würde Frederic jeden Abend welche auf sein Zimmer schleppen", erklärte Chris ihr augenzwinkernd.

„Das kann ich mir lebhaft vorstellen. Wo wir wieder beim Thema wären ..." Aimée sah George auffordernd an.

Dieser zog eine Zigarre aus seiner Jacke und zündete sie sich umständlich an. „Ich denke, wir sollten warten, bis Frederic zuhause ist. Dann kann er deine Fragen ausführlich beantworten."

„Ich werde ihn fragen, darauf kannst du dich verlassen, aber ich hätte gerne schon jetzt ein paar Antworten. Vor allem darüber, was du da im Club mit dem Typen und dem Mädchen gemacht hast."

„Was ist passiert?", wollte Chris wissen. „Mir scheint, ich habe eine ganze Menge verpasst."

George zog an seiner Zigarre: „Wir waren zusammen im Black Hole. Freddy brauchte mal wieder Energie. Er hat etwas übertrieben, und unsere Süße hier hat sich Sorgen um Frederics Gespielin gemacht. Das war alles."

„Nein, das war definitiv nicht alles! Wieso hattest du plötzlich so kleine Engelsflügel und wieso schießt du Pfeile auf unschuldige Menschen? Und jetzt komm mir nicht mit so einer Erklärung, ich hätte mir das alles bloß eingebildet. Ich weiß, was ich gesehen habe!"

„Das hatte ich auch nicht vor", sagte George ruhig und paffte weiter an seiner Zigarre.

Chris zog erstaunt eine Augenbraue hoch. „Moment mal, willst du damit andeuten, sie weiß gar nicht, was du bist?"

„Nein, aber ich fürchte, wir müssen es ihr jetzt sagen. Ich persönlich habe da ja kein Problem mit, aber du kennst doch Cyrus." George drückte die Zigarre aus. „Von wegen unerkannt bleiben und so ..."

„Wie kannst du es ihm übelnehmen, die Gebote des Rates zu achten?“

„Das tue ich doch gar nicht“, grummelte George.

„Kann mich jetzt bitte endlich mal jemand aufklären?“, verlangte Aimée.

„Von welcher Sippe stammst du überhaupt, wenn du einen Amoridicius nicht erkennst?“, fragte Chris Aimée neugierig. „Muss 'ne ziemlich tiefe Dämension sein, aus der du stammst.“

„Bitte?!“, Aimée starrte Chris fassungslos an. „Was redest du da? Dämension? Ist das so etwas wie eine andere Dimension? Und was zum Teufel ist ein Amoridicius?“

„Sie ist ein Menschenmädchen, Alter! Hast du es nicht kapiert?“, entfuhr es George.

„Oha!“ Chris lachte laut dröhnend auf. „Da habe ich mich wohl gerade zum Trottel gemacht, dass ich dich nicht als solches erkannt habe. Weißt du, ich dachte, da du bei uns wohnst, musst du auch ... na ja, speziell sein. Gerade mir ist das besonders peinlich. Ich hätte es sehen müssen.“

„Ach ja?“

„Ja klar, ich bin ein Veritas-Dämon.“

„Ein Dämon! Das erklärt natürlich alles. Logisch. Hätte ich mir gleich denken können. Ich wusste, ihr seid verrückt!“ Aimées Stimme nahm einen schrillen Klang an. Sie glaubte durchzudrehen.

„Jetzt beruhige dich erst mal, Süße! Das ist alles nicht so schlimm, wie es sich anhört.“

„Hey, Leute, da bin ich“, erklang Frederics Stimme vom Flur her. Er betrat die Küche und ließ sich auf einen Stuhl fallen. „Ich konnte meinen Kollegen überreden, für mich mit aufzuräumen." Er blickte in die Runde. „Weiß Aimée es schon?"

„Wir sind gerade dabei, es ihr zu erklären", erwiderte George.

„Ich nehme mal an, du bist auch ein Dämon", mutmaßte Aimée.

Frederic grinste: „Na ja, so etwas Ähnliches. Aber meine Art gehört zur Dämonenkaste dazu."

Aimée seufzte.

„Findet ihr nicht auch, dass es hier etwas zu eng wird? Wir sollten uns etwas zu trinken nehmen und in den Gemeinschaftsraum hochgehen", schlug Chris vor.

„Hervorragende Idee!", stimmte Frederic zu.

Wenig später saßen sie alle im Wohnraum. George hatte sich wieder mal ein Glas Whisky eingeschenkt. Er suchte gerade über den Live-Stream am Fernseher Musik aus. Frederic lümmelte sich in einen Sessel, während Chris und Aimée auf der Couch – jeder mit einer Tasse Kräutertee – Platz nahmen. Der Tee tat Aimée gut. Ihre aufgewühlten Gefühle beruhigten sich langsam.

„Schmeckt dir der Tee?", wollte Chris wissen. „Das sind Kräuter aus Griechenland."

„Ja", nickte Aimée. „Er tut gut."

George entschied sich für den nächtlichen Jazz-Stream von Love on Air-Radio und setzte sich zu ihnen.

„Also ...", begann er.

„Also", half ihm Aimée auf die Sprünge, „wenn ich das richtig verstanden habe, seid ihr alle Dämonen, richtig?"

„Ganz genau, Süße."

„Aber nicht alle die gleichen? Es gibt Unterschiede?"

Chris nickte. „Ja, wir kommen alle aus unterschiedlichen Sippen."

„Aha, ich verstehe." Dabei weigerte sich ihr Verstand eigentlich vehement, überhaupt an die Existenz von Dämonen zu glauben.

„Und was macht ihr hier in London?"

„Wir machen hier unsere Ausbildung."

„Und was für eine Ausbildung ist das?", fragte Aimée.

„Nun, je nachdem, aus welchem Bereich wir kommen", antwortete George.

„Ich bin wie gesagt ein Veritas-Dämon. Das heißt, ich bin ein Seher. Aus meiner Sippe stammen die größten Seher aller Dämensionen. Aber es existieren nur noch wenige Seher in der heutigen Zeit. Ich bin hier, um meine Fähigkeiten zu schulen und zu verbessern, bis ich in die nächste Ebene aufsteigen kann", erläuterte Chris. „Wir Seher sind etwas ganz Besonderes."

„Tatsächlich?" Aimée zog zweifelnd die Stirn in Falten.

Chris nickte. „Meine Mutter war das Orakel von Delphi."

Aimée verschluckte sich fast an ihrem Tee. „Das ist alles komplett verrückt. Ich kann es einfach nicht fassen!"

„Glaub es ruhig, Süße." George grinste sie schief an.

„Und was bist du? Mit den Flügeln sahst du eher wie ein kleiner Engel aus."

George zog scharf die Luft ein. „Wow, willst du mich beleidigen?"

„Nein, natürlich nicht! Ich nehme an, Engel schießen wohl auch nicht mit Silberpfeilen auf unschuldige

Menschen." Aimée zuckte die Schultern. „Falls es Engel überhaupt gibt", führte sie ihre Überlegung fort.

„Engel machen sehr viel Schlimmeres", murmelte Chris.

„Aber nein, natürlich bin ich kein Engel", sagte George. „Ich dachte, es liegt auf der Hand. Ich habe die beiden im Club schließlich glücklich gemacht. Sie haben einander gefunden und auf ewig nur schöne Erinnerungen an den Abend. Alles andere wurde in dem Moment ausgelöscht, in dem sie mein Pfeil traf. Das wolltest du doch, oder?"

„Moment mal", dämmerte es Aimée. „Amoridicius. Ja, natürlich ... die Flügel und die Pfeile! Sag bloß, du bist Amor?"

„Ähm, nun nicht direkt Amor. Aber ich arbeite mit einem Amor-Dämon zusammen. Normalerweise wählt er die passenden Kandidaten aus und ich schieße. Tja, klappt halt nicht immer so, wie es soll."

„Ich dachte, Amor wäre ein Himmelsbote." Aimée starrte in ihre Teetasse. „Abgesehen davon, dass ich bisher nicht an die Existenz von Amor geglaubt habe, aber dass es ein Dämon ist und dann noch einer in Ausbildung, darauf wäre ich nie gekommen. Jetzt wird mir klar, warum es so viele unglücklich Verliebte gibt."

„Hey, Amor und ich tun, was wir können! Aber manchmal finde ich das geplante Gegenstück von meiner To-do-Liste eben nicht. London ist verdammt groß und unser Zuständigkeitsbereich ist riesig", verteidigte sich George entrüstet. „Außerdem muss ich oftmals aus den blödesten Winkeln schießen. Da kann es schon mal passieren, dass man nicht trifft oder es den Falschen erwischt. Normalerweise halte ich mich versteckt, aber im Club vorhin, da ging es nur frontal."

„War 'ne riskante Aktion, wenn du mich fragst", schaltete Frederic sich ein. „Ein Unbeteiligter hätte euch sehen können."

„Du musst gerade reden!", fuhr Aimée ihn an. „Du bist doch schuld, dass es dem Mädchen so schlecht ging. Und du bist mir noch eine Antwort schuldig. Was bist du für ein Dämon?"

„Jetzt enttäuschst du mich aber, Aimée. So sexy, wie ich bin, wie kannst du mich da nicht erkennen?" Frederics Stimme hatte wieder diesen samtweichen Ton angenommen, aber entgegen seiner Erwartung bewirkte er bei ihr nichts. Auch nicht, als Frederic ihr mit seinen tiefblauen Augen einen sinnlichen Blick zuwarf.

Sie verschränkte die Arme und sah ihn herausfordernd an. „Nun, wie gesagt, mein Gedanke war ein Vampir."

Frederic verzog angeekelt die Lippen. „Iiieh, du glaubst doch nicht, dass ich Blut trinken würde. Das ist ja widerlich."

„Also, kläre mich auf", forderte sie ihn auf.

„Ich bin ein Incubus", antwortete er mit stolzer Stimme.

„Ein bitte was ...?"

„Inkuben ernähren sich von sexueller Energie. Indem sie, nun ja ..." Chris grinste verlegen.

„Aha, schon klar", winkte Aimée ab. „Aber warum auf solch eine Art?", fragte sie Frederic.

„Ich brauchte Energie. Manchmal muss es schnell gehen. Die Kleine war so heiß, und in dem Club gibt es keinen ruhigen Ort außer dem Klo“, versuchte er sich zu rechtfertigen.

„Ich finde es trotzdem widerlich. Solche schnellen Nummern.“ Aimée verschränkte die Arme.

„Oh, ich habe manchmal auch längere Verhältnisse zu einigen Damen. Ich fahre dann bei ihnen öfter vorbei und wir beglücken uns gegenseitig immer und immer wieder.“

„Ich glaube, ich möchte es gar nicht so genau wissen.“

Er zuckte die Schultern. „Ich bin halt ein Incubus, kein Romantiker. Da sind andere für zuständig.“

„Ja, das glaube ich.“ Aimée dachte daran, wie Cyrus sich aufgeregt hatte, als Frederic sie angefasst hatte. Langsam verstand sie. Er hatte sie mit seinem ruppigen Verhalten schützen wollen. Der Gedanke an ihn und seine warmen Bernsteinaugen, lösten ein wohliges Gefühl in ihr aus. Er wirkte so vernünftig in dieser verrückten WG. Wie ein Fels in der Brandung. Dennoch war sie innerlich aufgewühlt nach all diesen Neuigkeiten.

„Also, ich fasse es noch einmal zusammen: Du behauptest, der Sohn des Orakels von Delphi zu sein, George ist so ein Amordingens und Frederic ein sexlüsterner Incubus. Ich wohne also bis auf Weiteres in einer Dämonen-WG!“ Ungläubig warf sie die Arme in die Luft und sah einen nach dem anderen an. „Ich kann es einfach nicht glauben.“

„Du glaubst an Vampire, aber zweifelst an der Existenz von Dämonen? Du bist echt süß!“ Frederic lächelte.

„Gib ihr etwas Zeit“, mischte Chris sich ein. „Man erfährt nicht jeden Tag, dass die Welt voller Wesen aus anderen Dimensionen ist.“

„Ihr seid nicht die einzigen hier?“ Aimée riss die Augen auf.

„Was denkst du denn?“ George stellte sein Glas ab und sah sie ernst an. „Du musst wissen, es gibt an mehreren Punkten dieser Welt Überschneidungen zu anderen Dimensionen. Das sind sogenannte Tor-Regionen. Dies gilt auch für die Dämensionen, in denen die unterschiedlichen Dämonensippen leben. Ein Ort, an dem sich die Dimensionen sehr nahe sind, ist London. Deshalb leben und arbeiten hier besonders viele Dämonen.“

Aimée versuchte, all diese neuen Informationen zu verdauen. Es erschien ihr immer noch unwahrscheinlich. Aber egal, wie unwahrscheinlich das, was sie im Club gesehen hatte, war, wie sollte es sich anders erklären lassen und warum sollte sie den Jungs nicht glauben?

Dennoch meldete sich eine leise Stimme in ihrem Inneren, die sie dazu aufrief, skeptisch zu bleiben.

„Es gibt allerdings noch viele andere Wesen, die nicht zu den Dämonen gehören und unerkannt unter den Menschen leben“, informierte George sie weiter.

„Ich denke, das führt für heute zu weit. Du solltest vielleicht eine Nacht darüber schlafen, Aimée“, schlug Chris vor. „Morgen ist auch noch ein Tag und da sieht dann alles schon wieder ganz anders aus. Bald wird es dir wie das Normalste der Welt vorkommen, mit Dämonen unter einem Dach zu wohnen.“

„Na, du musst es ja wissen“, murmelte Aimée.

Er zeigte ihr wieder sein strahlendweißes Lächeln und nickte. „Aber etwas möchte ich dich noch fragen. Da ist eine Sache, die mich wirklich interessiert."

„Und die wäre?" Sie blickte ihn erwartungsvoll an.

„Was ist an dir besonders?"

„An mir ist nichts besonders."

Chris blickte sie skeptisch an. „Doch, etwas muss da sein."

George schaltete sich ein. „Das haben wir uns auch schon gefragt. Immerhin hat der alte Artkis die Süße zu uns geschickt."

„Sehr seltsam."

„Wenn da etwas wäre, müsstest du es dann nicht sehen können?", fragte Aimée.

Chris lachte. „So einfach ist das mit dem Sehen nicht. Es kommt und geht."

Als Aimée in ihrem Bett lag, fiel bereits das erste Licht der Morgendämmerung durch ihr Fenster. Ihre Gedanken wirbelten trotz der Müdigkeit wild durcheinander und so kam sie nicht zur Ruhe. So viele Fragen drängten sich ihr auf. Fragen, die sie den Jungs auf jeden Fall noch stellen musste. Eine von ihnen brannte ihr ganz besonders unter den Nägeln: Was für eine Art Dämon war Cyrus?

KAPITEL 9

Ein Dämon kommt selten allein.
Artkis Ramschus

„Herr, Ihr habt mich rufen lassen?" Nathan kniete nieder und senkte ergeben sein Haupt.

Der hochgewachsene Mann bedeutete Nathan mit einer Handbewegung, sich zu erheben, und er kam der Aufforderung sofort nach. Nathan Cobham blickte in das überirdisch schöne Antlitz des Mannes und wartete geduldig, bis dieser sein Wort an ihn richtete.

„Nun, mein getreuer Nathan, wie läuft unser Vorhaben?", fragte der Mann mit seiner melodiösen, sonoren Stimme.

„Alles verläuft nach Plan, Herr. Mein Informant hat den fraglichen Ort ausfindig gemacht. Die von Euch beauftragten Dämonen haben alle nötigen Zutaten für das Ritual zusammengetragen. Nur die Saphyrenfeder fehlt noch, aber ich konnte eine über meine Geschäftskontakte besorgen. Sie wird in den nächsten Tagen aus Japan eintreffen."

„So, alles verläuft nach Plan, hm? Dann sagt mir, wie steht es um deine Schwester?" Mit kühlen Augen betrachtete der Mann Nathan.

Diesem brach der Schweiß aus.

„Sie wird Euch pünktlich zur Verfügung stehen. Bis zum Ritual ist alles bereit. Bis Vollmond sind ja noch einige Tage Zeit. Vertraut mir", beteuerte er.

„Das würde ich gerne, mein Freund. Das würde ich nur zu gerne. Doch hat man mir zugetragen, dass dir deine Schwester entwischt ist. Stimmt das?"

Nathan zögerte einen Moment.

„Sprich!" Die Stimme nahm einen scharfen Klang an. „Ich erwarte eine Antwort."

Nathans Hände begannen leicht zu zittern. „Ja, Herr. Ihr seid recht unterrichtet. Aber meine Männer sind ihr auf den Fersen. Sie werden Aimée schon bald zurückbringen. Ich verbürge mich dafür, dass sie rechtzeitig zum Ritual hier sein wird."

Ein kühles Lächeln huschte über das Gesicht des langhaarigen Mannes. „Natürlich tust du das. Du verbürgst dich sogar mit deinem Leben dafür."

Nathan schluckte. „Ich –"

„Du darfst dich entfernen", fuhr der Mann ihm ins Wort. „Aber vergiss nicht, dass du nur durch meine Hilfe die Firma deines Vaters vor dem Ruin retten konntest. Nur durch meine Hilfe konntest du emporsteigen. Vergiss das niemals!"

***

Als Aimée erwachte, war es bereits Mittag. Sie fühlte sich trotz der paar Stunden Schlaf immer noch zerschlagen. All die Eindrücke der letzten Tage hatten sie wirre Träume träumen lassen. Sie war durch scheinbar unendliche, dunkle Straßen vor geflügelten Wesen mit Hörnern und Fangzähnen geflohen. Sie war immer weiter durch ihr unbekannte Straßen gelaufen, bis sie in einer Sackgasse gelandet war. Dort gab es nur eine Tür. Eine Treppe führte in den Keller. Als Aimée die Stufen hinabgestiegen war, stand dort plötzlich Nathan in einer schwarzen Kutte umringt von unheimlichen Gestalten.

„Wir haben dich schon erwartet, Schwester."

In diesem Moment war Aimée schweißgebadet aufgewacht.

Dieses Mal war Aimée vorsichtiger, als sie das Bad betrat. Anders als beim letzten Mal, war es diesmal frei, und so schloss sie erleichtert die Tür hinter sich ab. Aimée betrat die Dusche und drehte den Hahn auf. Das warme Wasser lockerte ihre Glieder, und sie genoss es, wie die Wärme die Schrecken des Albtraums verfliegen ließ.

Als sie sich kurze Zeit später wieder angekleidet hatte, machte sie sich auf den Weg zur Küche.

Schon auf dem Flur vernahm sie aufgeregte Stimmen, die aus der Wohnküche drangen. Instinktiv blieb Aimée stehen. Eigentlich war es nicht ihre Art, Leute zu belauschen, doch nun verharrte sie still im Flur und spitzte die Ohren. Sie hörte George gerade sagen: „Aber wieso weiß der Rat nichts davon?"

Dann antwortete Cyrus: „Es sieht so aus, als ob Artkis hier einen Alleingang gemacht hat. Aber warum er Aimée zu uns geschickt hat, weiß keiner. Seine Motive sind mir völlig unklar. Ich habe versucht, ihn zu befragen, aber der Eingang zu seiner Welt blieb mir verborgen."

„Hm, dann befindet er sich vielleicht gerade in einer anderen Dämension. Du weißt, er ist ein Reisender", gab Chris zu bedenken.

„Ja, aber ich werde das Gefühl nicht los, dass sich Artkis vor uns verbirgt. Der alte Gauner hat schon mehrfach durch eigenmächtiges Handeln den Rat erzürnt. Ich frage mich, ob er wieder einmal mehr weiß, als wir.“

„Möglich, Cyrus“, antwortete Chris. „Andererseits habe ich keine Bedrohung gesehen.“

„Du hast auch nichts gesehen, als in den letzten Monaten immer wieder Dämonen unter ungeklärten Umständen verschwunden sind. Na ja, bis auf die Clansey-Brüder, die man geköpft bei den Docks gefunden hat“, bemerkte George.

„Waren die beiden Brüder nicht in irgendwelche krummen Geschäfte verwickelt?“, fragte Cyrus.

George nickte. „Ja, wie man hört, sollen sie sogar ins Reich der Harpyie eingedrungen sein, um ihre Eier zu stehen. Sie haben sie zu Ritualsand zermahlen. Und man munkelt, dass sie auch nicht davor zurückgeschreckt sind, mit Engeln Geschäfte zu machen. Das sind natürlich nur Gerüchte, aber man weiß ja nie. Jedenfalls sind ihnen ihre Geschäfte nicht gut bekommen, denn ohne Kopf lebt es sich bekannterweise nicht so gut. Wie dem auch sei, wir können uns nicht darauf verlassen, dass du jede Gefahr voraussiehst, Chris.“

„Du weißt, ich kann die Visionen noch nicht kontrollieren. Sie kommen nicht auf Kommando. Bisher stochere ich im Nebel“, verteidigte sich Chris.

„Dann solltest du vielleicht daran arbeiten, Alter. Wer weiß, ob es nicht bald einen von uns trifft“, stichelte George. „Und ohne verwertbare Visionen wirst du Aimée auch keine große Hilfe sein. Wie sollen wir sie beschützen, wenn wir nicht wissen, warum sie bei uns gelandet ist. Es muss einfach mehr dahinterstecken als nur ein krimineller Bruder."

„Lass Chris in Ruhe, George. Vorwürfe bringen uns auch nicht weiter", rügte Cyrus ihn. „Aber wo wir gerade von den Verschwundenen sprechen: Es gibt doch eine Neuigkeit vom Rat. Einer der Zeitenwandler ist spurlos verschwunden. Seine Sippe hat es dem Rat gemeldet."

„Wer ist es?", erkundigte sich George.

„Rupert", antwortete Cyrus. „Vielleicht kannst du ja mal versuchen, eine Vision zu empfangen, Chris."

„Natürlich, ich werde mich nachher zur Meditation zurückziehen."

„Rupert war ein guter Kerl", bemerkte George bedrückt. „Ich kann die Zeitwandler nicht ausstehen, aber Rupert war ' n echter Kumpel."

„Ja, ich mochte ihn auch", erzählte Cyrus. „Als wir noch klein waren, wohnte seine Familie neben uns. Wir sind oft gemeinsam um die Häuser gezogen."

„Oh, ich wusste gar nicht, dass ihr befreundet wart", wunderte sich George.

„Ist schon so viele Jahre her. Wo Rupert nur stecken mag?"

„Rupert", murmelte Aimée leise. In ihrem Inneren klingelte eine Glocke. Sie hatte diesen Namen schon einmal gehört. Nur wollte ihr einfach nicht einfallen wo.

Aimée hatte so angespannt die Unterhaltung verfolgt, dass sie die Schritte hinter ihr im Flur nicht gehört hatte, und als sie jetzt eine Stimme über ihre Schulter ansprach, fuhr sie vor Schreck zusammen.

„Hallo, Aimée."

Sie drehte sich um und dachte, sie trifft der Schlag. Vor ihr stand Benedict Cumberbatch und sah genauso aus wie in der Serie Sherlock. Seine schwarzen Locken umrahmten das schmale Gesicht und mit seiner unnachahmlichen Stimme sprach er: „Habe ich dich etwa erschreckt?"

Ihr stand für einen Moment der Mund offen, dann begriff sie langsam. „Frederic?"

Er lachte. „Du hast mich also erkannt." Die Stimme veränderte sich und war nun wieder ganz klar als die von Frederic zu erkennen.

„Ich habe nur zwei und zwei zusammengezählt. Aber was soll das? Wieso siehst du plötzlich aus wie Sherlock?"

„Du hast doch gesagt, du stehst auf Cumberbatch. Ich wollte es eben noch einmal versuchen. Wie du siehst, kann ich jede Gestalt annehmen, die meiner potentiellen Partnerin gefällt."

Aimée wurde nun einiges klar. „So wickelst du also all die Frauen um den Finger."

Er nickte. „Ich kann jeder sein, den du dir wünschst. Wir könnten viel Spaß zusammen haben." Er senkte die Stimme zu einem Flüstern herab. „Ich habe heute Morgen schon wieder einen ungeheuren Appetit."

„Danke, Frederic. Aber ehrlich gesagt kann ich mir etwas Besseres vorstellen, als der Frühstückssnack eines Incubus zu sein", gab Aimée kühl zurück.

Er zog die Mundwinkel runter und sah nun wie ein trauriger Otter aus. „Wie schaffst du es nur, mir zu widerstehen?"

„Das ist gar nicht so schwer. Jedenfalls täuschst du dich, wenn du meinst, alle Frauen fliegen auf dich."

Bevor Frederic etwas entgegnen konnte, trat George aus der Küche zu ihnen. „Leute, wollt ihr hier die ganze Zeit im Flur herumstehen? Ich habe uns schon etwas zum Frühstück besorgt."

Aimée und Frederic betraten hinter George die Küche. Dort bot sich Aimée ein ungewöhnlicher Anblick. Ein Berg Pappschachteln mit Fish & Chips, Burgern, Hähnchencurry und Bratnudeln türmte sich auf dem Esstisch.

„Ihr haltet wohl nicht viel von gesunder Ernährung?", bemerkte Aimée. Sie dachte an die Pizzaschlacht des Vortages und lachte.

„Wieso?" George blickte sie aus großen Augen fragend an. „Ich habe alle Imbisse der Gegend abgeklappert, damit bei der Auswahl für jeden etwas dabei ist.

Frederic erntete von Cyrus einen finsteren Blick. „Was soll der Aufzug?"

Frederic zuckte nur mit den Schultern.

„Ich vermute, er wollte Aimée beeindrucken." George grinste.

„Tja, leider beiße ich bei ihr auf Granit", seufzte Frederic. Langsam löste sich das Trugbild auf und er sah wieder genauso aus, wie Aimée ihn kennengelernt hatte.

„Das kann nicht sein, kein Weib kann dir widerstehen", wunderte sich Chris.

Aimée griff ungerührt nach den Bratnudeln mit Gemüse. „Vermutlich doch, weil er noch in der Ausbildung ist."

Chris schüttelte den Kopf. „Das glaube ich nicht. Er muss eigentlich nur noch lernen, seine Energien zu kontrollieren."

Cyrus fixierte Aimée interessiert. „Nun, so wie es aussieht, bist du ja bestens informiert. Anscheinend haben dich meine lieben Mitbewohner aufgeklärt.“

George wirkte für einen Sekundenbruchteil verlegen, dann grinste er wieder frech. „Es hat sich so ergeben.“

„Will ich wissen, wie es sich ergeben hat?“, hakte Cyrus nach.

George schüttelte heftig den Kopf. „Lieber nicht. Magst du noch einen Burger?“

Sie saßen eine Weile zusammen und aßen, als Aimée sich räusperte. „Jungs, ich muss euch etwas gestehen. Ich habe vorhin durch Zufall einen Teil eurer Unterhaltung mitangehört. Ihr habt euch gefragt, warum der Rat von meiner Anwesenheit nichts wusste. Nun …“, sie wusste nicht, wie sie es in Worte fassen sollte. „Also dieser Rat, von dem ihr immer sprecht, konnte es nicht wissen. Cyrus, du hattest recht. Artkis Ramschus hat mich nicht geschickt. Ich bin nur durch einen Zufall an den Zettel mit der Adresse gekommen. Ich habe euch nicht die Wahrheit gesagt, weil ich in der Nacht nicht wusste, wohin ich sonst gehen sollte. Aber jetzt, wo die Angelegenheit solche Ausmaße annimmt, möchte ich ehrlich mit euch sein.“ Aimée stocherte verlegen in ihrer fast leeren Pappschachtel rum.

„Ich glaube nicht an Zufälle“, sagte Cyrus ruhig. „Am besten du berichtest uns alles, was vorgefallen ist.“

Aimée holte tief Luft und dann berichtete sie, wie ihr Bruder sie behandelt und eingesperrt hatte.

„Als ich mich wieder frei im Haus bewegen durfte, habe ich meinen Bruder heimlich beobachtet, damit ich bei passender Gelegenheit mein Handy aus seinem Arbeitszimmer holen konnte. Er verlässt sein Arbeits-

zimmer nur selten, müsst ihr wissen, und nachts
schließt er den Raum immer ab. An jenem Tag hatte ich
mich hinter einer Säule in der Empfangshalle verborgen. Die Tür zum Arbeitszimmer stand offen, mein
Bruder saß an seinem Schreibtisch, als plötzlich die Tür
zu unserem alten Weinkeller geöffnet wurde und Matthew und Calvin die Halle betraten. Sie sind die Bodyguards meines Bruders und ausgesprochen gewalt-
tätige Kerle. Sie gingen zu ihm ins Arbeitszimmer und
schlossen die Tür. Ich fragte mich, was sie im Weinkeller zu suchen hatten, und schlich mich zur Tür, um zu
lauschen. Ich hörte, wie Calvin meinen Bruder fragte:
‚Sollen wir ihn jetzt hochbringen?‘

Darauf antwortete Nathan: ‚Nein, der Kerl blutet mir
nur wieder mein Büro voll. Außerdem will er es
sowieso unten beenden.‘ Aus all dem schloss ich, dass
mein Bruder dort unten einen Menschen gefangen
hielt. Ich hatte keinen Plan und auch keine Ahnung,
um was es hier ging. Ehrlich gesagt kann ich mir immer
noch keinen Reim darauf machen. Jedenfalls entschied
Nathan, selbst in die Gewölbe hinabzusteigen.“

Aimée machte eine kurze Pause. Die Jungs blickten
sie wortlos an. Dann sagte Cyrus aufmunternd: „Erzähl
bitte weiter. Was geschah dann?“

„Ihr müsst wissen, dass unser Anwesen angeblich auf
den Grundmauern einer alten Abtei erbaut wurde.
Mein Vater hat mir als Kind einmal erzählt, dass es dort
irgendwo einen Zugang zu alten Kellergewölben gäbe.
Damals wollte ich den Zugang finden, um die ver-
wunschenen Gewölbe zu erkunden, aber ich durfte nie
allein in den Keller gehen. Irgendwann habe ich
gedacht, es wären nur Geschichten gewesen, die mein

Dad sich ausgedacht hat. Doch an jenem Tag folgte ich meinem Bruder und seinen Mitarbeitern in sicherem Abstand in unseren Weinkeller. Zwischen zwei Weinregalen, die an der hintersten Wand lehnten, schlüpften sie durch einen schmalen Gang in der Wand, der verborgen durch ein Fass, tief hinab führte. Die Wände waren in Stein gehauen. Ich folgte ihnen so leise, wie ich konnte, und nach ein paar hundert Metern öffnete sich der Gang zu einem Gewölbe. Dort hockte ein Mann auf dem Boden, der an die Wand hinter ihm gekettet war. Mein Bruder stellte eine Öllampe auf den Boden und sagte etwas zu dem Mann, was ich aber nicht verstand, weil ich zu weit weg war. Und plötzlich tauchten aus dem Dunkel des Gewölbes schwarzgekleidete Männer auf. Sie glitten fast lautlos über den Steinboden.“

„Was waren das für Männer?“, wollte George wissen.

„Ich weiß es nicht. Aber einen von ihnen erkannte ich. Ich hatte ihn schon einmal gesehen. Es war der Geschäftspartner meines Bruders. Der, den ich nach dem Willen meines Bruders bald heiraten sollte. Er sprach zu dem Gefangenen – ich verstand nur wenige Gesprächsfetzen – und dann ...“, Aimée stockte. „Dann plötzlich zog er ein leuchtendes Schwert hervor und köpfte ihn. Ich meine, er schlug ihm wirklich den Kopf ab, und mein Bruder stand einfach daneben. Es war schrecklich.“

George wiegte nachdenklich den Kopf. „Warum nur erinnert mich das gerade an die Clansey-Brüder?“

„Lass Aimée erst mal weitererzählen“, forderte ihn Chris auf.

„Ich war für einen Moment wie erstarrt", fuhr Aimée fort. „Es gab nichts, was ich tun konnte, um diesem Mann zu helfen. Und dann wusste ich plötzlich, ich musste schnellstens verschwinden. Ich rannte wie von Sinnen zurück ins Arbeitszimmer meines Bruders, schnappte mir das Handy, rannte in mein Zimmer, warf einige Sachen in meine kleine Reisetasche und floh. Da sie nicht wussten, dass ich sie beobachtet hatte, hoffte ich, dass meine Flucht erst später bemerkt werden würde – schließlich war mein Bruder noch mit diesen Männern beschäftigt. Aber seine Bodyguards waren mir ziemlich schnell auf den Fersen. Ich überlegte während der Flucht, die Polizei einzuschalten, aber wer hätte mir schon geglaubt? Ihr müsst wissen, mein Bruder hat sehr einflussreiche Kontakte zur Justiz und in die Regierung. Man hätte mich vermutlich sofort wieder in seine Obhut gegeben."

Aimée berichtete den Jungs ausführlich, wie sie geflohen und in Artkis Ramschus' Laden gelandet war. Sie erzählte von dem Zusammenstoß mit dem Unbekannten und wie sie in den Besitz des Zettels gekommen war.

„Nun wisst ihr alles", beendete Aimée ihre Geschichte. „Ich kann verstehen, wenn ihr mich nun nicht mehr hier haben wollt. Dieser Typ wäre eigentlich euer neuer Mitbewohner gewesen. Nicht ich. Ich war verzweifelt, versteht ihr? Aber ich kann verstehen, wenn ihr mich jetzt rauswerft."

Cyrus schüttelte langsam den Kopf. „Wie ich vorhin schon sagte, ich glaube nicht an Zufälle. Man kann Artkis Laden nur finden, wenn er einem den Weg zeigt. Artkis entscheidet, wer eintreten darf und wer nicht."

„Wie das?", fragte Aimée erstaunt.

„Sein Laden liegt zwischen den Dimensionen. Er ist ein Reisender in den Zwischenwelten. Schwer zu erklären", antwortete George.

„Artkis ist ein Schlitzohr", fügte Chris hinzu.

„Ich glaube auch, dass er dir nicht nur den Löffel gegeben hat, sondern auch die Adresse von vorn herein für dich gedacht war. Er hat dafür gesorgt, dass du das Verkaufsgespräch mit diesem Kunden mitanhören kannst. Und auch der Zusammenstoß erscheint mir nicht zufällig. Nein, er hat es bestimmt genauso geplant. Das sähe ihm ähnlich." Cyrus verschränkte die Arme vor der Brust.

„Aber warum hat er mir die Adresse dann nicht selbst gegeben?", wunderte sich Aimée.

„Er darf keine Kontakte zwischen den Menschen und den Dämonen vermitteln. Diese Regel ist zum Schutz der Menschen und der Dimensionsreisenden aufgestellt worden. Aber der alte Halunke hat schon immer nach seinen eigenen Regeln gespielt", antwortete Cyrus.

„Ich verstehe", sagte Aimée. „Und wie geht es jetzt weiter?"

„Du bleibst auf jeden Fall erst mal bei uns. Hinter der Geschichte muss weit mehr stecken, als auf den ersten Blick zu erkennen ist", entschied Cyrus. „Oder ist jemand dagegen?"

„Also bisher war immer nur einer gegen ihre Anwesenheit und das warst du", bemerkte George süffisant.

„Ich möchte euch aber nicht noch mehr Schwierig-
keiten machen", warf Aimée ein. „Wenn euer Rat
dagegen ist, bekommt ihr vielleicht Ärger."

„Das gilt es abzuwarten", meinte Frederic leichthin.
„Die Alten mit ihren verstaubten Regeln gehen mir
sowieso auf die

Ei–"

„Wir werden schon eine Lösung finden", fuhr Chris
dazwischen.

„Sieh es doch mal so, Süße", begann George und grinste breit. „Wenn Dämonen dich nicht vor deinem
Bruder beschützen können, wer denn dann?"

KAPITEL 10

Ich sehe was, was du nicht siehst.
Christopherus

„Wir sollten überlegen, ob wir den Rat erneut kontaktieren und ihn über die aktuelle Situation informieren. Vielleicht kann er uns helfen, Aimée zu beschützen", schlug Chris vor.

„Oder sie entscheiden, dass es uns nichts angeht, und bestimmen, dass wir die Süße wieder auf die Straße setzen", gab George zu bedenken. „Du kennst die erste Regel. Kein wissentlicher Kontakt zwischen Dämonen und Menschen."

„Ich bin dagegen, den Rat erneut zu kontaktieren", meldete sich Cyrus zu Wort. „Bisher wissen sie nur, dass ein Mensch aufgrund eines Missverständnisses in unsere WG geraten ist. Ich habe ihnen erzählt, dass dieser Mensch Schutz braucht und von Artkis geschickt wurde. Sie waren ungehalten über das Verhalten von Artkis Ramschus und wollten es prüfen. Da sie ihn aber ebenso wenig rufen konnten wie ich, wird es jetzt ein Prüfungsverfahren geben. Das kann dauern, und deshalb haben sie mich angewiesen, die Angelegenheit unauffällig zu behandeln. Der Rat hat darauf bestanden, dass der Mensch in unserer WG nichts von unserer wahren Identität mitbekommt und sich die Sache ohne großes Aufsehen erledigt. Ich habe ihnen wohlweislich verschwiegen, dass es sich um ein Mädchen handelt. Das hätten sie nie geduldet. Ihr wisst schon warum."

Frederic hob die Hände und lachte: „Schuldig im Sinne der Anklage."

„Wenn ich sie nun erneut aufsuchen würde", fuhr Cyrus fort, „müsste ich ihnen die gesamte Geschichte berichten. Auch, dass Aimée mittlerweile weiß, was wir sind. Ich bin mir nicht sicher, was das für Konsequenzen hätte."

Aimée war der Seitenblick, den Cyrus auf sie geworfen hatte, nicht entgangen und sie riss die Augen auf. „Du meinst, sie würden mir etwas antun, damit euer Geheimnis gewahrt bleibt?"

„Ich weiß es nicht", gab Cyrus zu. „Vielleicht würden sie versuchen, deine Erinnerungen zu beeinflussen. Und das könnte zu einer Gefahr für dein Leben werden, spätestens dann, wenn du ahnungslos in die Fänge deines Bruders läufst. Wir müssen selbst einen Weg finden, dir zu helfen."

George nickte und zündete sich eine Zigarre an. „Das sehe ich auch so."

„Vielleicht könnte man bei Artkis ein Auge für Aimée besorgen", schlug Frederic vor. „Damit gewinnen wir etwas Zeit."

„Dazu müssten wir seinen Laden finden, aber er hält ihn wie gesagt gut verborgen." Cyrus fuhr sich durch seine Haare.

„Vielleicht kann Aimée den Laden aufspüren. Artkis hat sie schon einmal hineingelassen", bemerkte Frederic.

„Wäre eine Möglichkeit, aber es könnte riskant sein. Zeig mal den Löffel, Aimée", bat Cyrus.

Aimée stand auf. „Ich habe ihn in meiner Jackentasche. Die hängt im Flur. Ich hole ihn."

Sie schob den Stuhl zur Seite und berührte dabei unabsichtlich Chris, der plötzlich heftig zu zucken begann und vom Stuhl auf den Boden fiel.

Aimée schrie auf. Es war erschreckend mit anzusehen, wie dieser große Mann krampfend auf dem Boden lag. Seine Augen waren völlig verdreht und man sah nur noch das Weiße. Speichel ran aus seinem halb geöffneten Mund.

„Oh mein Gott, er hat einen epileptischen Anfall! Wir müssen ihm helfen!", rief Aimée.

„Nein." George hielt sie zurück. „Er hat eine Vision."

„Die erste Vision seit Monaten", kommentierte Frederic.

„So eine starke Vision hatte er noch nie", wunderte sich Cyrus. „Wie kommt das so plötzlich?"

Alle standen um Chris herum und warteten, bis die Zuckungen weniger wurden. Dann richtete er sich langsam mit zombiehaften Bewegungen auf, seine Augen so weiß wie zuvor, und begann mit monotoner Stimme zu sprechen. „Der Opferstein ... verborgen. Die Vereinigung der Kräfte steht bevor. Die Feder schwebt hernieder. Blut befleckt das Brautkleid." Er brach ab. Ein kurzes Zittern ging durch seinen Körper, dann wurden seine Augen wieder normal, bevor er bewusstlos in sich zusammensackte.

„Oh mein Gott!", rief Aimée erschrocken. „Was ist mit ihm?" Sie kniete sich neben dem Veritas-Dämon nieder und schüttelte leicht seine Schulter.

„Mach dir keine Sorgen", beruhigte sie Cyrus. „Er ist nur bewusstlos. Wenn die Visionen besonders intensiv sind, kann es schon mal vorkommen, dass Chris für einige Zeit nicht ansprechbar ist. Normalerweise erholt er sich schnell wieder.“

„Wirklich?“ Aimée blickte besorgt auf Chris hinab, der sich immer noch nicht rührte.

„Du kannst da ganz unserer Erfahrung vertrauen. Wir erleben das nicht zum ersten Mal“, versicherte ihr Frederic.

„Okay, aber ich hätte da noch eine Frage. Könnt ihr mit dieser seltsamen Vision etwas anfangen? Ich befürchte, ich habe nicht mal die Hälfte verstanden.“

„Nein, nicht wirklich.“ Frederic zuckte mit den Schultern.

„Das Problem ist, dass man Chris’ Orakelsprüche meist erst dann versteht, wenn seine Vorhersagen eingetreten sind“, kommentierte George.

„Ich befürchte, es hat etwas mit dir zu tun“, mutmaßte Frederic.

„Bei der Einschätzung muss ich Frederic ausnahmsweise mal zustimmen“, sagte Cyrus nachdenklich.

„Na, ich danke vielmals“, gab Frederic zurück, „aber zurück zum Thema: Solltest du nicht den Geschäftspartner deines Bruders heiraten? In der Weissagung kam ein Brautkleid vor.“

„Ja und ein Opferstein!“ Aimée fröstelte es auf einmal, obwohl es in der Küche stickig und warm war. Sie schlang die Arme um ihren Oberkörper.

„Wie auch immer“, unterbrach Cyrus ihre Überlegungen. „Wir können Chris hier nicht so liegen lassen. Kommt, fasst mit an, Jungs. Wir tragen ihn in sein Zimmer.“ Cyrus positionierte sich zu Chris’ Füßen, während Frederic und George sich daran machten, Chris’ Oberkörper hochzuhieven. „Wenn er aufwacht, werden wir ihn befragen. Vielleicht kann er uns noch mehr sagen.“

„Das ist immer der unangenehmste Teil“, grummelte George. „Warum fällt er auch immer an den unmöglichsten Orten in Trance? Er ist ja nicht gerade ein Leichtgewicht.“

„Dann seid froh, dass es diesmal nur unsere Küche ist“, sagte Cyrus.

Frederic lachte. „Ich würde mir auch wünschen, er würde mal in seinem Bett in Trance fallen. Erinnerst du dich noch, wie er einmal am Piccadilly Circus zusammengebrochen ist?“

„Wie könnte ich das vergessen?“, schnaubte George, während er Chris mit anhob. „Wenigstens dachten all die Touristen um uns herum, er wäre nur besoffen.“

Aimée wollte mit anpacken, aber Cyrus hielt sie zurück. Er legte ihr seine Hand auf den Arm und sie durchfuhr wieder dieses kribbelige Gefühl wie bei ihrer ersten Berührung.

„Nein, du brauchst uns nicht zu helfen. Wir schaffen das auch alleine.“

Als die Jungs in die Küche zurückkamen, hatte Aimée den Tisch bereits abgeräumt und die Essensreste im Kühlschrank verstaut. Die Tätigkeit beruhigte ihre Nerven.

„So, Chris liegt in seinem Bett und schläft“, informierte Cyrus sie.

„Also, wie geht es jetzt weiter?“, fragte Aimée.

„Du wolltest uns doch den Löffel zeigen“, erinnerte sie George.

„Ja, richtig.“ Sie sprang auf und holte den Teelöffel aus der Jacke.

Cyrus betrachtete ihn mit kritischem Blick. „Es ist nur noch ein kleiner Fleck blank. Der Schutzzauber gibt nicht mehr viel her. Für einen kurzen Spaziergang würde es vermutlich reichen, aber nicht, um zum Laden von Artkis Ramschus zu fahren. Das wäre viel zu gefährlich. Wir wissen nicht mit Sicherheit, welche Mittel deinem Bruder außer den zwei Schlägern zur Verfügung stehen, also ... ich denke, es ist besser, du bleibst im Haus. Ich werde noch einmal allein versuchen, ein Auge zu beschaffen."

Aimée seufzte. „Schade, so langsam bekomme ich nämlich einen Lagerkoller. Ich könnte echt mal frische Luft vertragen."

„Nach nur zwei Tagen schon, Süße?" George grinste sein schiefes Grinsen. „Mach dir keine Sorgen. Dir wird nicht langweilig werden. Ich habe dir eine Aufgabenliste an den Kühlschrank gehängt. Das Bad müsste dringend geputzt werden, der Gemeinschaftsraum hat den Staubsauger ewig nicht gesehen und dann wartet noch der Abwasch auf dich." George deutete auf die volle Spüle.

„Na, wie reizend", bemerkte Aimée und boxte George spielerisch in die Seite. „Ihr könntet euch auch an der Hausarbeit beteiligen."

„Hey, die Süße wird aufmüpfig", lachte er und knuffte sie zurück. „Hast du das gesehen, Cyrus? Sie mobbt mich."

Cyrus grinste frech. „Tja, sie wächst dir bald über den Kopf. Obwohl, wenn ich euch so ansehe, ist sie das wohl schon." Seine Augen sprühten vor Schalk.

„Blödkopf", grummelte George. „So weit ist es schon. Er steht auf deiner Seite."

Aimée entging nicht, dass George ihr einen bedeutsamen Blick zuwarf, aber sie lachte nur. Am Anfang hatte es sie verwirrt, dass die Jungs scheinbar nichts ernst nahmen und sich ständig gegenseitig foppten. Aber bei all den schrecklichen Dingen, die ihr geschehen waren, bemerkte Aimée, wie gut ihr die Leichtigkeit ihrer dämonischen Mitbewohner tat. Und ganz besonders freute es sie, Cyrus lächeln zu sehen. Wenn er so grinste wie jetzt, war er sogar noch süßer. Andererseits gefiel ihr auch seine Ernsthaftigkeit. Er war der Ruhepol in dieser stürmischen WG. Immer behielt er einen kühlen Kopf. Sie lächelte ihn an und ihre Blicke begegneten sich.

Seine Augen, die sie von Anfang an so fasziniert hatten, wechselten die Farbe von flüssigem Honig zu einem dunklen Braun. Er wandte den Blick ab und fuhr sich mit der Hand durchs Haar, eine Geste, die er immer dann zu machen schien, wenn er aufgeregt war oder sich unwohl fühlte. Was er wohl über sie dachte? War sie für ihn immer noch ein unerwünschter Gast und half er ihr nur aus Pflichtgefühl, oder lag da mehr in seinem warmen Blick? Hatte er das Kribbeln auch gespürt, als er sie berührt hatte?

Auf all diese Fragen hätte Aimée gerne eine Antwort gehabt. Doch für den Moment musste sie sich damit zufriedengeben, dass er ihr helfen wollte, und nur das allein zählte.

„George, ich mache mich auf den Weg zu Artkis und du arbeitest deine Liste ab", sagte Cyrus. „Wir haben leider auch unsere Aufgaben zu erfüllen, sonst wird der Rat misstrauisch", fügte er an Aimée gewandt hinzu.

„Also solltest du, George, zumindest ein paar deiner Liebespaare aufspüren. Hier ist die Namensliste."

George griff nach der Liste und stöhnte. „Scheint so, als wollte sich die halbe Stadt verlieben. Dabei ist der Frühling doch längst vorbei."

„Keine Widerrede!" Cyrus warf einen Blick auf Aimée. „Wir kommen so schnell wie möglich zurück. Kommst du hier klar?"

„Sicher, geht schon", beteuerte sie. „Und Frederic ist ja auch noch da."

„Aber sicher, Liebes. Wir zwei machen es uns schon gemütlich." Er legte demonstrativ den Arm um ihre Schultern und grinste frech. Cyrus warf Frederic einen warnenden Blick zu. Aimées Herz machte einen kurzen Hüpfer, und sie fragte sich für einen Moment, ob Cyrus vielleicht doch mehr in ihr sah, als nur eine kurzzeitige Mitbewohnerin.

Als die Haustür zu fiel, blieben nur noch Aimée und Frederic zurück. Er hatte immer noch den Arm um sie gelegt.

„Äh, ich wollte das eben nicht so sagen, aber ich müsste auch mal kurz verschwinden", druckste Frederic herum. „Wird aber vermutlich nicht lange dauern", versprach er.

„Du brauchst eine Frau", schlussfolgerte Aimée.

„Ja, ich habe enormen Bedarf an Sex … was ungewöhnlich ist, da ich ja letzte Nacht eine ordentliche Portion Energie bekommen habe. Normalerweise reicht das für ein oder zwei Tage. Aber ich kann mich kaum mehr beherrschen."

Aimée schubste ihn spielerisch von sich weg. „Also los, dann raus mit dir! Ich habe hier genug zu tun, und der Schutz des Löffels ist ja auch noch nicht aufgebraucht. Also sollte es kein Problem sein."

Frederic ging zur Tür und drehte sich noch einmal um. „Es sei denn", begann er und seine Augen blitzten begierig auf, „du hast dich umentschieden. Wir haben genug Zeit und die ganze Wohnung für uns. Okay, bis auf das Zimmer von Chris, aber … wir könnten unsere Dusche nachholen, oder gleich hier auf dem Küchentisch? Der Snookertisch würde sich auch hervorragend eignen", schlug Frederic fast sachlich vor. „Du musst wissen, ich stehe auf besondere Orte."

„Ja, ich erinnere mich", bemerkte Aimée.

Frederic ließ die Schultern hängen, als sie auf die Sache im Club anspielte. „Also, wer so viel Sex braucht wie ich. Na ja, da liebt man irgendwann die Abwechslung. Aber natürlich können wir auch in mein Bett gehen, wenn dir das lieber ist." In seinen Augen stand die unübersehbare Hoffnung, Aimée doch noch zu überzeugen. „Ich habe sogar ein richtig breites Bett in meinem Zimmer stehen. Für dich mache ich es auch ganz traditionell. Du bist schließlich etwas ganz Besonderes. Und ich sage das nicht nur einfach so. Ich weiß, du glaubst mir nicht, weil ich ein Incubus bin, aber jede Frau ist etwas Besonderes für mich, und ich verbinde diese Frauen mit speziellen Orten, damit sie mir unvergesslich bleiben. Aber du bist anders als sie alle, Aimée. Das spüre ich einfach." Er setzte seinen bettelnden Hundeblick auf.

Aimée musste schmunzeln. „Ich denke, es ist besser, du gehst da draußen auf die Jagd. Die Stadt ist groß genug. Ich bin nicht die Richtige für dich."

Frederic seufzte. „Du stehst einfach nicht auf mich."

„Nein, das ist es nicht", entgegnete Aimée. „Du siehst wirklich, nun ja, scharf aus. Aber das ist eben nicht alles, was zählt, weißt du?"

Frederic schüttelte den Kopf. „Nein, wenn dein Herz frei wäre, würden meine Pheromone dich ganz sicher in meine Arme treiben. Ich denke, du bist vielleicht schon mit einem Mann verbunden. Was die wahre Liebe verbindet, kann ein Incubus nicht trennen. Nur wo die Liebe falsch und trügerisch ist, kann Sex eine Flamme entzünden."

Aimée zog erstaunt eine Augenbraue hoch. „Mein Herz gehört aber keinem Mann."

„Bist du dir da sicher?"

„Eigentlich schon", antwortete Aimée zögerlich. Für einen Moment sah sie die bernsteinfarbenen Augen von Cyrus vor sich. Doch sie wollte es sich nicht eingestehen, dass Cyrus sie immer mehr faszinierte. Sie schüttelte energisch den Kopf. „Nein, da ist niemand. Außerdem wäre das Letzte, was ich in meiner Situation gebrauchen kann, eine komplizierte Liebesgeschichte."

„Wer sagt denn, dass sie kompliziert sein muss. Solange du einem Menschen dein Herz schenkst – und nicht einem Dämon –, sollte es keine Probleme geben", scherzte Frederic.

„Ich habe nicht vor, mich in einen Dämon zu verlieben. Ganz egal, wie gut er aussieht", erklärte Aimée heftiger als beabsichtigt.

Frederic sah sie einen Augenblick lang ernst an. „Du weißt nicht, was für ein Glück du hast. Mir liegen vielleicht alle Frauen zu Füssen, aber ich werde niemals herausfinden, ob es eine Frau gibt, die mich wirklich mag. Es geht immer nur um sexuelle Energien, nie darüber hinaus. Ich kann Sex haben, aber niemals die wahre Liebe finden, so wie du es kannst. Darum beneide ich dich, Aimée."

KAPITEL 11

*Die Liebe ist ein seltsames Spiel. Sie kommt und geht von
einem zum andern.*
Connie Francis

Als auch Frederic gegangen war, war die Wohnung
plötzlich unerträglich still. Aimée dachte lange über
Frederics letzte Worte nach und auf einmal tat er ihr
leid. Sie hatte ihn falsch eingeschätzt, als einen ober-
flächlichen Herzensbrecher, der sein Spiel genoss, aber
nun wurde ihr bewusst, dass auch sein Schicksal nicht
leicht war. Dass er sich ihr geöffnet und von seiner ver-
letzlichen Seite gezeigt hatte, machte ihn ihr viel sym-
pathischer.

Ihr Blick fiel auf den Teelöffel, dessen Stiel am Rand
noch etwas silbern schimmerte. Sie beschloss, den rest-
lichen Schutz nicht ungenutzt verstreichen zu lassen,
sondern für einen kleinen Einkaufsbummel zu nutzen.
Sie hatte gesehen, dass im Küchenschrank ein Ein-
machglas mit dem Schild ‚Haushaltsgeld‘ stand. Sie
nahm sich einige Pfundnoten heraus, um frische Lebensmittel ein kaufen zu gehen. Beschwingt lief sie in
ihr Zimmer, zog sich an und griff aus alter Gewohnheit
auch zu ihrem Smartphone, das bis jetzt am Ladekabel
gesteckt hatte. Sie schaltete es ein und sah mehrere
Whatsapp-Nachrichten, die in den letzten beiden
Tagen von ihrer besten Freundin eingegangen waren.

*Melde dich mal, habe seit Tagen nichts von dir gehört. LG
Mira*

*Hey, habe immer noch nichts von dir gehört. Ist dein
Handy kaputt?*

Ist dir was passiert? Mache mir langsam Sorgen.

*Dein Bruder hat angerufen und gefragt, ob du hier bist!
Was ist los?
Melde dich!*

*Dein Bruder hat schon wieder angerufen. Er macht sich
große Sorgen. Meine Mum musste ihm mehrfach versi-
chern, dass du nicht bei uns bist.
Wo steckst du Aimée?*

Aimée las die Nachrichten und bekam ein schlechtes
Gewissen. Hastig schrieb sie ihrer Freundin zurück.

*Mache dir bitte keine Sorgen.
Wohne für ein paar Tage bei Freunden.
Melde mich, sobald ich kann, und erkläre dir alles.
LG Aimée*

Sie hoffte, ihre Freundin damit beruhigen zu können.
Mehr konnte Aimée nicht verraten, ohne in Gefahr zu
geraten, dass Nathan über Mira erfuhr, wo sie steckte.
In Gedanken steckte Aimée ihr Handy in die Jackentasche und ging aus dem Zimmer. Unten im Vorflur fiel
ihr ein, dass sie gar keinen Schlüssel zu dem Haus
hatte. Doch an einem Schlüsselbrett neben einer Tür,
die ihr bisher nie aufgefallen war, hingen mehrere
Schlüssel. Sie probierte alle aus und tatsächlich passte

einer, der vermutlich Chris gehörte. Aimée steckte den Schlüssel ein und verließ das Haus.

***

„Boss, hier ist Calvin. Ja, ja ... äh, Sir. Also wir haben gerade das Handy orten können. Es ist hier ganz in der Nähe. Wir sind gerade in Mayfair und beschatten, wie Ihr angeordnet habt, das Haus der Freundin."

Calvin hielt das Smartphone vom Ohr weg, denn am anderen Ende brüllte eine Stimme: „Was steht ihr dann noch rum! Fangt sie endlich ein und bringt sie her!"

„Natürlich, Sir. Wir sind schon auf dem Weg." Calvin drückte auf das rote Telefonsymbol auf dem Display. „Also los!", wandte er sich an Matthew.

Matthew nickte, legte sein Sandwich zur Seite und startete den Wagen.

***

Aimée genoss den Spaziergang. Die Sonne schien und so lief sie entspannt durch die Straßen Londons, bis sie einen kleinen Lebensmittelladen entdeckte, der eine gute Auswahl an frischem Obst und Gemüse hatte. Sie nahm sich einen Einkaufskorb und stöberte in aller Ruhe. Zucchini, Paprika, Zwiebeln, Brokkoli und Tomaten wanderten ebenso in den Korb wie Käse, Sahne und Nudeln. Außerdem besorgte sie noch italienische Kräuter. Als sie an der Kasse stand, war sie sehr zufrieden. Sie reichte gerade der Kassiererin das Geld, als ihr Blick durch das Schaufenster auf die Straße fiel. Gegenüber hielt im Halteverbot ein ihr nur allzu bekannter Bentley. Matthew und Calvin stiegen aus. Verdammt!

Hastig stopfte Aimée ihre Einkäufe in eine Tüte und lief zum Ausgang. Vor der Tür suchte sie Deckung hinter einem mannsgroßen Werbeaufsteller für Cadbury Mintschokolade und lugte vorsichtig hinter dem Schild hervor. Die beiden Männer wechselten auf ihre Straßenseite und blieben ganz in ihrer Nähe stehen. Aimée wagte kaum zu atmen, während sie ihren Worten lauschte.

„Ich kann es orten. Hier muss es irgendwo sein", informierte Calvin Matthew. Beide Männer standen vor dem Lebensmittelladen und sahen sich um. Es waren zwar einige Leute unterwegs, aber in dieser offenen Einkaufsstraße würde sie den beiden nicht entkommen. Es gab für Aimée keine Möglichkeit, ungesehen bis zur nächsten Straßenecke zu gelangen.

„Geht die verdammte Handyortung nicht genauer?", fluchte Matthew.

„Nein, wir müssen wohl alle Läden im Umkreis absuchen. Ich fang mit dem Imbiss dort drüben an, dann nehme ich mir den Supermarkt vor."

„Gut, dann geh! Ich behalte die Straße im Auge. Nicht, dass die Göre uns noch einmal entwischt. Das möchte ich dem Boss nicht mitteilen müssen."

„Okay."

Wie hatten die Kerle sie nur so schnell finden können? Dann fiel es Aimée siedend heiß ein. Sie hatte vergessen, ihr Smartphone wieder auszuschalten. Leise holte sie das Telefon aus der Tasche und schaltete es aus. Doch das nützte nichts mehr. Matthew stand keine fünf Meter von ihr entfernt und beobachtete mit zusammen gekniffenen Augen die Straße und jeden, der an ihm vorbeilief. Sie musste es irgendwie bis zur nächsten Straßenecke schaffen, um aus dem Blickfeld der beiden Schläger zu kommen. Hastig zog sie den Teelöffel aus der Jackentasche. Er war komplett schwarz.

Oh nein! Nur das nicht, bitte!

Sie rieb mit dem Finger über die untere Ecke des Löffelstiels und schickte in Gedanken ein Stoßgebet zum Himmel. Bitte, hilf mir noch einmal aus der Klemme! Nur noch dieses eine Mal!

Mit einem Mal schimmerte das Ende des Löffels wieder silbern. Aimée blinzelte einen Moment ungläubig, doch nun hieß es, keine Zeit mehr zu verlieren. Sie wagte einen Blick und sah, dass Matthew in die andere Richtung schaute. So schnell sie konnte verließ sie ihre Deckung und rannte wie von Furien gejagt die Straße entlang und um die nächste Ecke.

Völlig außer Atem erreichte sie das weiße Haus im Princes Square, warf die Haustür hinter sich zu und atmete mehrfach tief durch. Sie ließ ihre Einkaufstüte auf den Boden sinken und hängte den Schlüssel zurück ans Brett.

Als sie sich umdrehte, sah sie, dass die seltsame Tür, die ihr erst heute aufgefallen war, offen stand. Die Tür führte zu einem kleinen Raum, der bis auf einen leuchtenden Kreis auf dem Boden völlig leer war – zumindest was Möbel anging, denn mitten im Kreis stand Cyrus. Er hatte die Augen geschlossen und murmelte irgendwelche Worte in einer fremden Sprache, die sie nicht verstand. Verwundert betrat Aimée den Raum und wollte ihn gerade ansprechen, als ein leuchtender Nebel aus dem Kreis aufstieg und sie beide einhüllte.

„Was …?", entfuhr es Aimée und nun öffnete auch Cyrus seine Augen. Entsetzt sah er sie an.

„Was um alle Dämonen in der Welt machst du hier?"

„Ich … ich faaaallle!", schrie sie, als der Boden plötzlich unter ihnen nachgab.

Cyrus packte geistesgegenwärtig ihren Arm und zog sie an sich. Er hielt sie fest und sie klammerte sich panisch an ihn. Sich so eng an ihn zu pressen, hätte ihr gefallen können, wenn sie nicht gemeinsam in die Tiefe gestürzt wären. Der Nebel nahm nun eine gelbliche Färbung an. Ein starker Wind zerrte an ihnen. Sie fielen scheinbar endlos hinab. Dann verfärbte sich alles in ein tiefes Rot und im nächsten Augenblick war der Nebel verschwunden und beide standen in einem engen stickigen Raum in völliger Dunkelheit.

„Was hat das zu bedeuten?", verlangte Aimée zu wissen. „Sind wir wieder zu Hause?"

Cyrus sog hörbar die Luft ein und rang um Fassung. „Du bist einfach in den Dimensionskreis getreten, während ich einen Sprung vorbereitet habe. Weißt du, was da alles hätte passieren können?"

„Nein, das weiß ich eben nicht. Vielleicht bist du so freundlich und klärst mich auf", antwortete Aimée schnippisch.

„Nun, wie bereits gesagt: In dem Raum befindet sich unser Dimensionskreis. Mit seiner Hilfe können wir zwischen den Dämensionen hin- und herreisen."

„Ihr reist mit Hilfe eines leuchtenden Kreises?" Aimée staunte nicht schlecht.

„Ja, was denkst du denn? Glaubst du ernsthaft, die Londoner Tube ist an die Interdimensionsbahn angebunden?"

„Inter–, was?", fragte Aimée verdutzt.

„Vergiss es. Es dauert ohnehin noch Jahre, bis die Dämonen von der Baubehörde da mal die Genehmigung rausrücken."

„Bitte?" Es dauerte eine kleine Weile, bis Aimée klar wurde, dass Cyrus sie gerade auf den Arm genommen hatte. „Sehr witzig!"

„Na ja, unsere Büromonen sind auch nicht schneller als eure."

„Übrigens, wo befinden wir uns überhaupt? Sag bloß nicht, wir sind in einer anderen Dimension gelandet." Aimée wollte sich lieber nicht vorstellen, wo sie sich überall befinden konnte.

„Nein, zum Glück nicht. Wenn ich daran denke, was passiert wäre, wenn ich mich auf dem Weg in eine andere Dämension oder zum hohen Rat gemacht hätte, dann wäre ein Höllensturm losgebrochen. Aber ich kann dich beruhigen. Wir sind nur an einem anderen Ort in London. In den Docklands, um genau zu sein. Im Museum of London Docklands", klärte Cyrus sie auf.

„Bist du sicher? Dieser Raum ist so furchtbar eng und dunkel ... und ich glaube, mein Fuß wird nass. Iiieh, was ist das?" Eilig zog sie ihr Bein hoch und etwas fiel scheppernd um.

„Nun mach doch nicht so einen Radau! Es kann durchaus sein, dass du einen nassen Fuß bekommst, das hier ist nämlich die Putzkammer des Museums. Oder denkst du, wir können so mir nichts dir nichts in einem

Ausstellungsraum auftauchen? Das Tor liegt immer in einem kleinen geschützten Raum."

„Na toll, ich stehe mit einem Bein in einem Putzeimer", beschwerte Aimée sich.

„Ich darf dich daran erinnern, dass du eigentlich gar nicht hier sein solltest", schnappte Cyrus.

„Schon gut, wir sind also im Museum, und was wollen wir hier? Ich dachte, du wolltest Artkis Ramschus aufsuchen?", fragte Aimée.

„Also, erst einmal wollte ich dich gar nicht mitnehmen, sondern allein hierher gehen, also kann keine Rede davon sein, was *wir* hier wollen, sondern nur was *ich* hier will. Und ja, ich hatte gesagt, dass ich Artkis Ramschus aufsuchen wollte. Das stimmt auch. Er hat hier manchmal eine Zweigstelle geöffnet. Ich hatte die Hoffnung, ihn hier zu finden."

„Muss ich das jetzt verstehen?"

„Wie gesagt, er ist ein Reisender zwischen den Welten. Er kann seinen Laden auch in Zwischendimensionen parken und nur die Eingänge in den jeweiligen Welten öffnen. Eine solche Tür gibt es zum Beispiel hier im Museum", klärte Cyrus sie auf.

„Aha, und du wolltest sehen, ob dieser Eingang hier funktioniert, verstehe ich das richtig?"

„Ja, und außerdem wollte ich gucken, ob ich eine Spur von Rupert finde. Er hat hier im Museum gearbeitet."

„Rupert war dieser Dämon, der verschwunden ist, richtig? Also wolltest du zwei Fliegen mit einer Klappe schlagen?", fasste sie zusammen.

„Könnte man so sagen. Wir sagen allerdings Engel."

„Bitte?", fragte Aimée irritiert nach.

„Bei uns heißt das Sprichwort: Zwei Engel mit einer Klappe erschlagen." Cyrus lachte leise.

„Erschlagen?" Aimée schüttelte sich. „Das klingt ja grausam. Ihr habt wirklich merkwürdige Sprichwörter."

„Das müsst ihr Menschen gerade sagen."

„Dabei fällt mir ein, ich habe dich noch gar nicht gefragt, was du überhau–", begann Aimée, doch dann wurde sie von Cyrus unterbrochen.

„Still, ich höre Schritte." Er lauschte für einen Moment. Dann ging er zur Tür und zog vorsichtig daran. Sie ließ sich widerstandlos öffnen. „Die Luft ist rein, komm!"

Sie traten in einen Ausstellungsraum. An den Wänden hingen Informationstafeln und Bilder, die den Hafen und die Docks in den Jahren 1840 bis 1880 darstellten. Dazwischen standen alte Holzkarren, Weidenkörbe und allerlei anderes Arbeitsmaterial aus der alten Zeit.

„Ich war noch nie hier", gestand Aimée. „Scheint wirklich interessant zu sein." Sie blieb vor einer Vitrine stehen und begutachtete die ausgestellten Stücke.

„Dies hier ist Teil der permanenten Ausstellung. In den anderen Bereichen wechseln die Themen der Ausstellungen auch", erklärte Cyrus.

Aimée sah sich um. „Warum sind überhaupt keine Besucher hier?"

„Soweit ich informiert bin, endet die Besuchszeit bald. Ich nehme an, die Besucher strömen schon dem Ausgang entgegen. Wir müssen zwar nicht durch den Haupteingang hinaus, aber wir sollten uns dennoch beeilen. Wenn das Museum schließt, müssen wir wieder zurück in der Besenkammer sein. Nicht dass uns ein Wächter hier erwischt."

„Ich verstehe."

„Komm weiter, wir haben keine Zeit für Kulturgenuss. Das können wir gerne ein anderes Mal nachholen."

„Soll das heißen, du willst noch einmal mit mir hierherkommen?" Aimée freute sich über diese Aussicht.

Cyrus nickte. „Wenn du es gerne möchtest. Aber nun beeil dich."

Aimée folgte ihm und bestaunte im Vorübergehen ein riesiges Ölgemälde, welches an einer roten Trennwand aufgehängt war. „Ja, ich würde mir das alles wirklich gerne mal in Ruhe ansehen."

Cyrus ergriff ihre Hand und zog sie energisch weiter. „Das machen wir bald. Versprochen."

Nach wenigen Schritten blieb er in einer Ecke vor einer Klinkersteinmauer stehen, in der einige auffallend dunkle Steine eingefasst waren. „Hier, hier muss es sein." Cyrus starrte einen Moment auf die Klinkersteine und klopfte dann in einem bestimmten Rhythmus dagegen. Auf einmal schoben sich die Steine zur Seite und ein flackernder Bildschirm tauchte auf.

„Hallo und herzlich willkommen bei Artkis Ramschus' magischem Trödelmarkt. Suchen Sie zufällig die Originalschallplatte mit dem Lied vom lustigen Heringssalat? Die Nasenhaarsammlung von Dracula, oder benötigen Sie eine gebrauchte Fenchelhose? Wir führen alles, zu jeder Zeit, in jeder Dimension, aber an Ihrem Standort leider nur an ungeraden Tagen in jeder dritten Woche des siebten Monats eines Schaltjahres. Will sagen: Ällebätsch, wir haben gerade geschlossen.

Versuchen Sie es später noch einmal. PS: Kekse gibt es nur in der Hauptfiliale. Einen wundervollen Tag wünscht Ihnen Artkis Ramschus." Damit klappten sich die Steine wieder zu und die Wand sah so unscheinbar aus wie zuvor.

Aimée starrte weiterhin auf die Wand und Cyrus fluchte.

„Verdammt! Dieser alte Fuchs. Er hat nicht einmal eine Nachrichtenfunktion auf seiner Ansage." Auf Aimées verdutzten Blick fügte er hinzu: „Auf eine Nachricht muss er antworten. So besagt es die Regel."

„Ihr habt ganz schön viele Regeln, oder?"

„Ihr doch auch", gab Cyrus zurück.

„Haltet ihr euch tatsächlich an alle diese Regeln? Bei uns gibt es zwar viele Regeln, aber genauso viele Menschen halten sich nicht daran. Im Kleinen wie im Großen."

„Bei uns halten sich die Dämonen an die Regeln des Obersten Rates. Die Strafen für Regelbrüche sind zum Teil echt teuflisch. Aber man kann die Regeln, nun ja, teilweise umgehen. Es gibt da einige Schlupflöcher, und Artkis kennt sie alle." Cyrus schnaubte.

„Sieht nicht so aus, als würde ich noch zu einem Auge kommen, oder?" Aimée hörte sich die Frage stellen und hätte am liebsten laut gelacht. Wie unglaublich bizarr war ihr Leben in den letzten Tagen nur geworden?

„Wir können hier jedenfalls nichts mehr ausrichten."

„Du wolltest dich doch noch wegen diesem Rupert umsehen", erinnerte Aimée ihn.

„Rupert war schon lange nicht mehr hier", erklang eine sanfte Stimme hinter ihnen. „Ich habe ihn jedenfalls eine Ewigkeit nicht mehr zu Gesicht bekommen."

Aimée und Cyrus drehten sich um. An einer Vitrine hinter ihnen lehnte eine zarte, rothaarige Frau. Sie musterte die beiden aus grünen Augen.

„Wer sind Sie?", fragte Aimée die Frau.

„Ich bin Keira. Ich habe mit Rupert zusammengearbeitet. Nun, gelegentlich jedenfalls."

„Sie arbeiten hier im Museum?", fragte Aimée mit nervösem Seitenblick auf Cyrus. Was, wenn dies eine Museumsmitarbeiterin war und sie die seltsame Botschaft von Artkis Ramschus mitangesehen hatte?

Doch Cyrus wirkte ganz ruhig. „Sie gehören nicht zum Museum, oder?"

Die Rothaarige lachte glockenhell auf. „Nein, genauso wenig, wie ihr beide Besucher seid. Doch das spielt jetzt keine Rolle."

„Was können Sie uns von Rupert erzählen?", wollte Cyrus wissen.

„Nun, das kommt darauf an, was ihr von Rupert wollt,"

„Wir suchen ihn. Seine Familie vermisst ihn. Die ganze Sippe ist beunruhigt. Man hat ihn seit Wochen nicht mehr gesehen", antwortete Cyrus wahrheitsgemäß.

Keira nickte. „Ja, auch ich habe ihn schon lange nicht mehr gesehen. Er hatte irgendeinen geschäftlichen Auftrag. Das war das Letzte, was er mir erzählt hat. Es soll wohl lukrativ gewesen sein, aber ich befürchte, der gute Rupert hat dabei seinen Kopf verloren."

Aimée und Cyrus blickten sich für einen Moment erschrocken an. „Moment, wie meinen Sie das? Er hat seinen Kopf verloren?", wandte sich Aimée wieder an

Keira. Aber die rothaarige Frau war plötzlich genauso leise verschwunden, wie sie aufgetaucht war.

Die Reise zurück war fast genauso unangenehm wie die Hinreise, auch wenn Aimée jetzt wusste, was auf sie zukam, nur dass diesmal der Sog nach oben ging. Sie schossen eng umschlungen zu einem imaginären Himmel hinauf und der Wind zerrte so stark an ihnen, dass Aimée befürchtete, der Sog würde ihr alle Haare ausreißen. Auch wenn es schön war, sich an Cyrus zu schmiegen und seinen einzigartigen Duft einzuatmen, war sie froh, als sie wieder den Boden des kleinen Raums in dem weißen Haus am Princes Square unter den Füßen spürte. Der Kreis leuchtete immer noch strahlend gelb, aber der Nebel legte sich und Cyrus ließ sie los. Fast bedauerte Aimée dies.

„Cyrus, ich muss die ganze Zeit daran denken, dass dieser Rupert vielleicht der Mann war, der im Keller meines Bruders geköpft wurde. Glaubst du, da könnte etwas dran sein? Sein Name kam mir gleich so bekannt vor, und was diese Frau uns gesagt hat, beunruhig mich sehr.“

„Ich hoffe es nicht. Aber auch ich habe ein ganz mieses Gefühl dabei, auch wenn diese Keira sich sehr vage ausgedrückt hat. Ich werde auf jeden Fall mit den anderen darüber sprechen. Vielleicht können wir seiner Familie einen Tipp geben, damit sie in der Richtung weiter forschen, ohne dass wir unseren Verdacht dem Rat melden müssen. Ich möchte dich vorerst da raushalten und das geht nicht, wenn wir es melden. Aber ich hoffe immer noch, dass es sich anders verhält und Rupert wieder auftaucht. Bisher haben wir keine wirkliche Spur gefunden.“

Sie traten in den Vorflur des Hauses und Cyrus verschloss sorgfältig die Tür hinter sich. Im Flur wäre er beinahe über ihre Einkaufstüte gestolpert. „Wo kommt das denn her?", fragte er mit einem Blick auf die Einkäufe.

„Ich habe vorhin ein paar Lebensmittel besorgt. Ich wollte etwas Schönes für euch kochen." Sie hob die Tüte auf.

„Du warst allein unterwegs?" Er zog die Augenbrauen zusammen. „Das war aber sehr leichtsinnig von dir!"

„Ja, vermutlich hast du recht. Aber es ist ja nichts passiert. Ich hatte doch den Löffel dabei." Aimée sah etwas beschämt zur Seite. Sie wollte Cyrus nichts von ihrer Begegnung mit Calvin und Matthew erzählen. „Ich wollte den Schutz nicht ungenutzt verstreichen lassen. Allerdings ist er jetzt wohl aufgebraucht."

Cyrus sah sie mit seinen Bernsteinaugen durchdringend an und nahm ihr die Einkaufstüte ab. „Komm lass uns nach oben gehen."

Während Aimée in der Küche ihre Einkäufe verstaute, stellte Cyrus sich neben sie. „Das sieht ja alles sehr gesund aus. Was willst du denn kochen?"

„Ich verrate es dir, wenn du es den anderen nicht erzählst." Sie zwinkerte ihm zu.

„Ich verspreche es." Er lächelte und sie erwiderte es. Auch Cyrus schien erleichtert zu sein, sich mit diesem alltäglichen Gespräch von all seinen Befürchtungen ablenken zu können.

„Okay. Also, ich dachte an einen italienischen Gemüseauflauf mit Nudeln. Natürlich mit Käse überbacken."

„Das klingt lecker. Und dazu passt ein ganz besonderer Rotwein." Cyrus verließ die Küche und kehrte kurz darauf mit einer Flasche zurück. „Hier, das ist ein fünfzehn Jahre alter Barolo von einem kleinen Weingut aus dem Piemont."

„Wow, so alt?", staunte Aimée.

„Nun, für diesen Wein ist das gar kein Alter. Ein Barolo ist langlebig", erklärte Cyrus. „Möchtest du ihn probieren?"

„Ist es nicht viel zu schade, den einfach so zu trinken?"

Cyrus schüttelte den Kopf. „Ein guter Wein ist Anlass genug, findest du nicht?"

Aimée lächelte. „Stimmt."

„Außerdem habe ich noch einige Flaschen hervorragenden Rotwein in meinem Zimmer versteckt", informierte sie Cyrus, während er den Wein entkorkte.

„Wieso versteckt?", wunderte sich Aimée.

„Du kennst doch George", sagte Cyrus. „Wenn die Flaschen hier im Schrank stehen würden, wären sie innerhalb kürzester Zeit leer."

„Das kann ich mir lebhaft vorstellen. Und dann geht er bestimmt los und schießt auf alles Mögliche, nur nicht auf wen er soll." Aimée musste bei der Vorstellung schmunzeln.

Cyrus hielt ihr den Korken unter die Nase. „Riech mal."

Aimée schnupperte. Unter ein Beerenaroma mischte sich der Duft von Cyrus' Haut. Dieser leichte Hauch von Zitrus, Holz und etwas Undefinierbarem, Verführerischem. Sie schloss die Augen. Sie hatte es schon während ihrer Reise gerochen, aber nun, wo kein Wind wütend an ihr zerrte und sie nicht Angst davor hatte, ins Bodenlose zu stürzen, konnte sie den Duft seiner Haut wirklich genießen. Er betörte ihre Sinne und ließ sie alles andere vergessen.

„Und?", fragte Cyrus.

„Ich kann es nicht genau sagen", gab Aimée zu.

„Vielleicht fällt es dir einfacher, wenn der Wein im Glas ist. Ein Wein speichert die Liebe, mit der er angebaut wurde." Damit holte er zwei große Gläser aus dem Schrank und goss ihnen einen Schluck ein. „Hier, probiere es noch mal." Er reichte Aimée eines der Gläser. „Aber noch nicht trinken. Der Wein muss erst etwas Luft ziehen."

„Okay." Sie schloss die Augen und schnupperte noch einmal. „Auf jeden Fall dunkle Beeren. Genauer kann ich es nicht sagen. Darf ich jetzt probieren?"

Cyrus nickte und prostete ihr zu. „Cheers."

Aimée nahm einen Schluck. „Hm, der schmeckt ja wie Samt und Sonne. So …"

„… kräftig und vielschichtig", beendete Cyrus ihre Einschätzung.

„So wie du?", fragte Aimée vorwitzig, doch im nächsten Moment hätte sie am liebsten ihre Zunge verschluckt. Es fiel ihr viel leichter, sich mit ihm zu kabbeln, als mit ihm zu flirten. Vielleicht lag es auch daran, dass sie nicht wirklich Erfahrung im Flirten hatte.

Cyrus trat einen Schritt näher. „Du hältst mich also für vielschichtig?"

Seine Nähe irritierte sie und benebelte ihr die Sinne. Von dem einen Schluck Rotwein konnte es jedenfalls nicht kommen, dass ihre Beine so weich wurden und es in ihrem Magen wie verrückt kribbelte – dessen war sich Aimée sicher.

„Für sehr vielschichtig sogar." Ihre Stimme war kaum mehr als ein Flüstern.

Er hob die Hand und strich ihr zärtlich eine Haarsträhne aus dem Gesicht. Vorsichtig hob er ihr Kinn an und sah ihr in die Augen. Seine Augen schimmerten in einem Wechsel von flüssigem Honig und Bernstein. Aimée starrte fasziniert hinein und glaubte darin alle Geheimnisse der Welt zu erkennen.

Mit seinem Finger fuhr er sanft die Linie ihrer Lippen nach. *Bitte küss mich, oder ich verbrenne*, schrie es in Aimées Inneren.

Und wie als hätte sie den Gedanken laut ausgesprochen, beugte sich Cyrus zu ihr. Als seine warmen Lippen die ihren berührten, glaubte sie, den Boden unter ihren Füssen zu verlieren. Er schlang einen Arm um ihre Taille und drückte sie sanft, aber bestimmt an den Kühlschrank, während er sie immer leidenschaftlicher küsste. Ihr entfuhr ein leiser Seufzer, dann legte Aimée ebenfalls ihre Arme um ihn und betete, dass dieser Kuss niemals aufhören möge.

Im Raum war es stockdunkel, als sie in seinen Armen erwachte. Sie lagen eng aneinander gekuschelt in seinem Bett. Das Mondlicht fiel durch das Fenster und ließ seine helle Haut fast überirdisch schimmern. Sein Duft hüllte sie noch immer ein, aber es war ein neuer Duft dazu gekommen. Der Duft ihrer Liebe.

Sie hatte sich noch nie in ihrem Leben so beschützt und geliebt gefühlt. All die Schrecken der letzten Tage waren vergessen. Aimée hatte keine Vorstellung davon gehabt, dass die Liebe so ein verzehrendes Gefühl sein konnte, das sie umgeworfen hatte wie ein Wirbelsturm. Ein sanftes Ziehen in ihrem Herzen ließ sie fühlen, dass ihre Sehnsucht selbst jetzt noch nicht gestillt war, wo sie ihm so nahe war. Sie streichelte seinen nackten Oberkörper. Vorsichtig fuhr sie mit ihren Fingernägeln bis zu seinem Bauchnabel hinab und umkreiste ihn sanft. Er schlug die Augen auf und sah sie an.

„Aimée", flüsterte er. Nur ihren Namen. Mehr nicht. Dann küsste er sie zärtlich. Als er sich von ihr löste, sah er sie lange an. „Was wir gemacht haben, ist völlig unvernünftig und gegen alle Regeln."

„Und ...?", fragte sie leise. Eine leise Angst erfasste ihr Herz. Es flatterte wie ein aufgeregtes Vögelchen im Käfig.

„Ich will es wieder tun", flüsterte er ihr ins Haar.

Sie zog ihn an sich. „O ja, bitte lass uns noch einmal unvernünftig sein."

Seine Hände streichelten ihre Schultern und wanderten dann langsam auf ihren Bauch hinab. Er bedeckte ihren Busen mit zarten Küssen. „Unvernünftig für alle Ewigkeit", hauchte er.

Aimée schloss die Augen und lächelte selig, als er sie enger an sich zog.

KAPITEL 12

*Am Ende wird alles gut. Und wenn es noch nicht gut ist,
dann ist es auch nicht das Ende.*
Oscar Wilde

Georges Laune war mies, als er den kleinen Raum verließ. Er hatte die Nachricht auf dem Boden in dem leuchtenden Kreis gefunden. Auf seiner To-do-Liste für heute stand nur ein Name: Aimée.

George ahnte, dass etwas ganz und gar nicht in Ordnung war. Er schlich zu Cyrus Zimmertür und lauschte. Seine Ohren erkannten die kleinsten Geräusche der Leidenschaft. Das war seine Gabe. Er hörte ein Quietschen, ein Seufzen und zwei Herzen, die in einem immer schnelleren Takt und in einem gemeinsamen Rhythmus schlugen.

George knüllte den Zettel in seiner Hand zusammen. *Warum tut ihr mir das an?*, fluchte er im Stillen.

Er wollte ihr nicht das Herz brechen müssen.

Doch sein Auftrag war eindeutig. Er musste ein passendes Gegenstück für Aimée finden. Irgendjemanden, der nicht Cyrus war.

„Wo sind denn Aimée und Cyrus?", fragte Frederic beim Frühstück. „Ich habe die beiden gestern gar nicht mehr gesehen, als ich nach Hause kam."

„War wohl ziemlich spät, oder?", erkundigte sich Chris.

„Ging eigentlich. So gegen 21 Uhr. Allerdings hatte ich Aimée versprochen, schon früher wieder da zu sein. Na ja, jedenfalls fühle ich mich großartig. Alle Speicher sind wieder aufgefüllt.“

George goss sich schwarzen Kaffee ein. „Ich glaube, die beiden schlafen noch.“

„Echt jetzt?“ Frederic war erstaunt.

„Ja, echt. Cyrus war gestern den ganzen Tag unterwegs. Vermutlich war er spät zurück.“

Chris nickte verständnisvoll. „Ja, und die Kleine soll sich auch mal ordentlich ausschlafen. Das wird ihr guttun nach all dem Stress.“

„Und wie es das wird“, grummelte George.

„Was ist denn los mit dir?“, fragte Frederic. Er warf seinem Mitbewohner einen argwöhnischen Blick zu. „Du bist so ungewohnt mürrisch.“

„Ach nichts. Nur viel zu tun. Aber da fällt mir ein, Frederic, wenn du genug Energie hast, dann versuche doch heute bitte Artkis aufzuspüren. Wegen dem Auge, du weißt schon. Cyrus hatte gestern glaube ich keinen Erfolg.“

„Seit wann teilst du die Aufgaben ein, George?“, wunderte sich Frederic.

„Heute ist halt mal eine Ausnahme, weil Cyrus noch schläft. Und Chris, vielleicht könntest du in deine Heimat-Dämension reisen und in der Familie nach Unterstützung fragen, um deinen Orakelspruch zu deuten. Wenn wir nicht rausfinden, was es mit deiner Vision auf sich hat, kommen wir nicht weiter. Wir müssen ihre Bedeutung herausfinden, um Aimée vor den Machenschaften ihres Bruders beschützen zu können.“

„Gute Idee, ich habe nämlich echt keine Ahnung“, gestand Chris.

„Am besten brecht ihr sofort auf. Die Zeit drängt“, scheuchte George seine Mitbewohner hinaus.

„Meine Güte, deine Laune ist ja heute schlimmer als die von Cyrus“, maulte Frederic. „Aber wir gehen ja schon.“

Kaum waren die beiden unterwegs, als George das Klappen der Badezimmertür vernahm. Dann hörte er tappende Schritte, und einen Moment später betrat Aimée frisch geduscht die Küche. „Guten Morgen.“ Sie lächelte George an.

Er trank seinen Kaffee und musterte sie. Sie hatte rosige Wangen und ihre Lippen waren noch ganz rot von unzähligen Küssen. George war froh, dass die anderen schon weg waren. Chris schwebte vielleicht in anderen Sphären, aber Frederic hätte die Zeichen sofort erkannt. Außerdem hatte er einen ebenso guten Geruchssinn wie George und konnte zudem erotische Gedanken lesen. Alle Dämonen, die mit der Liebe zu tun hatten, hatten diese Gabe.

George zündete sich eine Zigarre an. „Wir sollten darüber Stillschweigen bewahren, Süße. Zumindest den anderen gegenüber.“

„Was meinst du?“, fragte Aimée. Sie nahm ihm gegenüber Platz und schenkte sich ebenfalls eine Tasse Kaffee ein.

„Ich fürchte, das weißt du nur zu gut. Ich kann ihn überall an dir riechen, trotz der Dusche. Und wenn Frederic anwesend ist, solltest du alle Gedanken an Sex vermeiden.“

„Er kann Gedanken lesen?“

George nickte. „Soweit sie mit starken Gefühlen, vor allem sexuellen Gefühlen, zu tun haben. Ich kann das auch, nur liegt es mir eher, Gedanken auf der Ebene der Zuneigung und Liebe oder der Abneigung und des Hasses zu lesen. Beides ist wichtig, um meinen Job zu machen. Es sei denn, es ist ein Notfall, dann kann man auf solche Befindlichkeiten keine Rücksicht nehmen.“

„Sehr interessant, aber warum dieser Vortrag von dir? Willst du mir damit etwa sagen, dass du mit mir und Cyrus nicht einverstanden bist?“ Aimée versteifte sich.

„Glaub mir, Süße“, George schüttelte traurig den Kopf, „ich wäre der Letzte, der etwas dagegen hätte. Du kennst mich.“

„Eben, deswegen begreife ich deine Reaktion auch nicht.“

George paffte an seiner Zigarre und knarrte mit seiner rauchigen Stimme: „Süße, ich habe die Regeln nicht gemacht.“

„Ach, nein?“ Aimée wurde es langsam zu bunt. „Du bist doch immer der, der gerne mal auf die Regeln pfeift, oder etwa nicht?“

„Wenn es nur mich betrifft, dann hast du recht. Aber hier hängt viel mehr dran.“

„Und das wäre?“, fragte Aimée.

„Ich habe schon recht früh geahnt, dass du ihm den Kopf verdrehen wirst, und zwar ganz ohne mein Zutun, so wie er dich immer angesehen hat. Aber mit eurer Liebesgeschichte bringt ihr uns alle nur in Teufels Küche.“

„Ich bereue nichts, was wir getan haben, falls du das hören willst.“

„Verdammt noch mal, Aimée. Willst du mich nicht verstehen?“

Aimée starrte George fassungslos an. Er hatte sie eben zum ersten Mal Aimée genannt.

Er schwieg und zog an der Zigarre. Dann blickte er Aimée traurig an. „Wenn du dich auf Frederic eingelassen hättest, hättest du unserem guten Cyrus vielleicht das Herz gebrochen, aber es wäre nur halb so schlimm gewesen. Denn Frederic darf sich mit Menschenfrauen paaren. Das liegt in seiner Natur. Aber Cyrus …“, er machte eine bedeutungsvolle Pause. „Es ist gegen die oberste Regel der Liebesdämonen. Amor darf sich nicht selbst verlieben!“

Aimée verschluckte sich an ihrem Kaffee und hustete. „Moment! Willst du damit etwa sagen, dass … Cyrus ist Amor?!“

„Ja, ich sagte doch, dass ich mit Amor zusammenarbeite. Und Amor darf nur Liebe stiften, aber sie selbst nicht empfangen. Sonst trübt sich sein Blick, weil seine Liebe unermesslich ist und er sie nur noch dieser einen Frau schenkt. Er kann dann keine Liebenden mehr auswählen. Nie wieder!“

Aimée starrte George an.

Eine Welt ohne Amor? Diese Vorstellung war unerträglich. Konnte sie das zulassen? Konnte sie so selbstsüchtig sein?

Dann fiel ihr etwas ein. „Aber du hast doch gesagt, als du mir von deinem Aufgabenbereich erzählt hast, euer Gebiet sei groß. Das heißt doch aber, dass ihr nicht einzigartig auf der Welt seid. Es gibt noch mehr von euch, oder habe ich das falsch verstanden?“

„Das ist schon richtig, aber es gibt nicht viele von uns, und wenn Cyrus sich verliebt, wird er vom Rat abgesetzt oder schlimmer noch bestraft. Willst du das? Er könnte für immer in die Wüste des ewigen Schweigens geschickt werden. Ein Ort, den nur wenige Dämonen mit klarem Verstand wieder verlassen."

Aimée seufzte. „Also, was kann ich tun?"

„Es gibt nur eine Lösung: Ihm muss gründlich das Herz gebrochen werden, damit er wieder klar sehen kann! Am besten du verliebst dich neu."

Aimée schluckte. Ihn verlassen? Diese Vorstellung schnürte ihr sofort schmerzhaft den Brustkorb zu. Sie hatte ihr Glück doch gerade erst gefunden und nun sollte sie es gleich wieder verlieren? Ihr war schon jetzt, nach dieser kurzen gemeinsamen Zeit, klar, dass sie niemanden mehr lieben konnte, als ihn. Und sie wollte auch niemand anderes lieben. In ihrem Herzen schien einfach kein Platz für eine andere Liebe zu sein.

Sie stand auf.

„Ich werde mit Cyrus reden. Vielleicht fällt uns gemeinsam eine Lösung ein."

Aimée eilte den Flur entlang in Richtung Cyrus' Zimmer, doch dann hörte sie, wie das Wasser im Bad lief. Anscheinend duschte Cyrus gerade. Sie würde das Gespräch verschieben müssen. Aimée machte auf dem Absatz kehrt, um wieder in die Küche zu gehen, als in diesem Moment ein zartes silbernes Etwas an ihr vorbeisirrte. Ruckartig blieb sie stehen. Am anderen Ende des Flures stand George in seiner Shorts und mit seinen weißen Flügelchen. Er hatte den Bogen noch in der Hand, und Aimée begriff, dass er auf sie schoss! Nur durch ihren abrupten Richtungswechsel war sie dem Pfeil entgangen.

„George!", rief Aimée empört und stürmte auf ihn zu.

Er legte erneut an, und sie warf sich auf den Boden, ehe ein weiterer Pfeil über sie hinwegzischte und für einige Sekunden in der Wand stecken blieb, bevor er in feinen Silberstaub zerfiel.

„Verdammt noch mal, George! Hör sofort auf, auf mich zu schießen!", brüllte sie den Amoridicius an.

„Tut mir leid, Süße. Aber es geht nicht anders."

„Wage es ja nicht, meine Sinne zu benebeln und mir Gefühle für irgendeinen Loser einzuimpfen, wie du es mit der Blonden in der Bar getan hast!"

„Aber Süße! Du würdest es doch nicht wissen. Du wärst glücklich verliebt. Cyrus würde es das Herz brechen und er könnte wieder seiner Arbeit nachgehen. Alle wären zufrieden."

„Von wegen!", schnaubte Aimée. „Wenn du es wagst, noch einmal auf mich anzulegen, dann werde ich deine gesamten Whisky-Vorräte in den Ausguss schütten. Das schwöre ich dir bei allen Dämonen dieser Welt."

Überrascht stellte Aimée fest, dass diese Drohung wirkte. George ließ zu ihrer Verwunderung den Bogen sinken.

„Das kannst du doch nicht machen", rief er mit einem Hauch Verzweiflung in der Stimme.

„Und ob ich das kann! Noch ein winziger Versuch und du kannst dich von deinem geliebten Single Malt verabschieden. Und von deinen Zigarren auch! Cyrus hat mir verraten, wo du sie bunkerst."

Der letzte Satz war ein Bluff, aber George glaubte ihr. „Dieser Mistkerl!", fluchte er. „Kaum ist er verliebt, plaudert er aus dem Nähkästchen. Diese Zigarren bekommt man nur sehr schwer. Ich musste dafür mehrere Dämensionen bereisen. Das hat eine halbe

Ewigkeit gedauert. Sie sind streng limitiert! Also gut." George vollführte eine kurze Bewegung mit der Hand und Bogen und Flügel verschwanden.

„Und nun? Wie stellst du dir nun vor, eure Beziehung zu beenden?", wollte George wissen. „Und komm mir ja nicht damit, dass du mit Cyrus reden willst. Er wird zu eurer Liebe stehen und sich dafür sogar mit dem Rat anlegen. Dann würden sie ihn seines Amtes entheben und zur Strafe die nächsten paar Hundert Jahre in irgendeine verfluchte Höllendimension verbannen. Und mich womöglich gleich mit, weil auch ich ihre Regeln nicht eingehalten habe."

„Ach, daher weht der Wind." Aimée baute sich vor George auf. Sie fühlte sich so aufgewühlt wie als kleines Kind, als ihr Dad sie bei einem Geschäftsbesuch in den USA mal mit zu einem Footballspiel genommen hatte. Nun spielten in ihrem Inneren ihre Gefühle American Football miteinander. Gerade wurde ihre Liebe von den Gegenspielern Vernunft und Schlechtes Gewissen zu Fall gebracht. Die Hoffnung stand auf der Line of Scrimmage und war nicht fangberechtigt. Der Ball ihrer Liebe ging an die Zweifel verloren und ein vernichtender Herzschmerz erzielte den Touch down. So sehr sie sich auch gegen den Gedanken wehrte und so sehr ihr Herz auch protestierte, sie musste George recht geben. Es war vernünftiger, diese Beziehung zu beenden. Denn auch wenn Aimée sich in diesem Moment nicht vorstellen konnte, ohne Cyrus an ihrer Seite weiterzuleben, so war ihr der Gedanke, dass er aufgrund ihrer Liebe womöglich irgendwohin verbannt würde, wo er Höllenqualen erlitt, unerträglich. Sie seufzte. „Okay, wir machen einen Deal. Ich werde nicht mit Cyrus reden. Ich beende die Beziehung. Ich werde einfach sagen, dass ich mir das mit uns doch nicht vorstellen kann, und ihm etwas Scheußliches an den Kopf werfen, wie etwa: Er sei schließlich nur ein dreckiger Dämon. Ich werde ihm das Herz brechen. Versprochen. Und du wirst nicht mehr auf mich schießen, weder heute noch sonst irgendwann. Ich will einen klaren Verstand behalten. Ich will mich zumindest für immer an unsere gemeinsame Nacht erinnern können."

George legte den Kopf schief und dachte kurz nach.

„Denk an deine Zigarren!", erinnerte sie ihn.

„Okay, Deal. Du hast das Ehrenwort eines Amoridicius."

Aimée pustete sich eine Haarsträhne aus dem Gesicht. „Ich hoffe, dieses Ehrenwort ist etwas wert."

George nickte eifrig.

„Okay, ich gehe jetzt in mein Zimmer. Ich muss mich darauf vorbereiten, mit Cyrus Schluss zu machen."

Sie würde ihm das Herz brechen und ihres gleich mit. Sie würde ihre Herzen brechen für alle Ewigkeit und durfte ihm noch nicht einmal die Wahrheit sagen.

KAPITEL 13

*Ich bin das Licht, dein dunkler Schatten bezwingt mich
nicht.*
Phoebe Halliwell

Der Abend dämmerte. Die Jungs waren noch alle unterwegs, als Aimée Gemüse für den Auflauf schnippelte. Auf dem Herd kochte ein Topf Nudeln. Heute sollte es das leckere Abendessen geben, für das sie am Vortag eingekauft hatte. Außerdem gab ihr das Kochen die Möglichkeit, sich von all den traurigen Gedanken abzulenken, die ihr durch den Kopf spukten.

Sie war mittlerweile seltsam ruhig und gefasst. Den ganzen Tag über hatte sie darüber nachgedacht, was sie Cyrus sagen sollte, damit er verstand, dass ihre Beziehung keine Zukunft hatte, ohne ihn auf die Idee zu bringen, für ihre Liebe die Erlaubnis des Rates einholen zu wollen. Am Ende musste sie sich eingestehen, dass es vermutlich am sichersten wäre, wenn sie ihm gestand, dass sie ihn nicht liebte, sondern vorgab, dass es für sie nur ein One-Night-Stand gewesen sei. Doch der Gedanke war bitter. Ihr erster Sex mit dem Mann, den sie so sehr liebte, und dann musste sie so tun, als sei diese Liebe nur ein bedeutungsloser One-Night-Stand gewesen. So hatte sie es sich sicher nicht vorgestellt.

Dazu würde sie ihn auch noch anlügen müssen. Sie hasste es, zu lügen. Aimée wünschte, sie könnte ihm wenigstens die Wahrheit sagen. Aber das ging nicht. Er würde sie vermutlich hassen, und dies zu wissen, war ihr unerträglich.

Bereits am Morgen hatte Aimée mit Cyrus reden wollen. Sie hatte George weggeschickt, damit sie und Cyrus Ruhe hätten, aber er ließ sie gar nicht zu Wort kommen. Er machte Pläne, wie die WG-Bewohner Aimée in Zukunft schützen könnten, damit sie möglichst lange bei ihnen bleiben konnte. Es brach ihr fast das Herz, ihn so glücklich zu sehen. Sein Lächeln ließ sie schmelzen wie Eis in der Sonne.

„Wir müssen reden", hatte Aimée gesagt.

„Das müssen wir", hatte Cyrus ihr zugestimmt. „Es gibt so viel zu besprechen, aber lass uns das heute Abend machen, okay? Ich muss los und einiges erledigen." Damit hatte er sie in seine Arme gezogen und ihr einen zarten Kuss gegeben, dann war er aus der Tür verschwunden.

Und nun stand Aimée in der Küche, um das Henkersmahl ihrer Liebe vorzubereiten.

Es fing damit an, dass Aimée die beiden Katzen auf dem Fensterbrett bemerkte. Sie saßen dort und starrten in die Küche. *Seltsam*, dachte sie sich, *wie sind die Samtpfoten nur dorthin gekommen? Und was wollen sie?* An dem Gemüseauflauf, den sie mittlerweile im Ofen hatte, konnte es wohl kaum liegen, dass auf einmal Streuner auf ihrem Fensterbrett saßen.

Sie ging zum Fenster, aber die Katzen blieben regungslos sitzen und starrten sie an. Dann bemerkte sie, wie eine dritte Katze über die Regenrinne des Nachbarhauses zu ihr herüber balancierte. Sie schien ebenfalls auf das Küchenfenster zuzusteuern. Aimée öffnete es und wollte die Katzen verscheuchen, doch mit einem geschmeidigen Satz sprangen die zwei Katzen direkt in die Küche. Schnell verschloss Aimée das Fenster wieder, bevor auch die dritte Katze den Sims erreicht hatte.

„Hey, ihr könnt hier nicht bleiben. Ich mache den Jungs schon genug Ärger. Wenn ich jetzt auch noch Haustiere einlade ...“

Doch die beiden Straßenkatzen hörten nicht auf Aimée, sondern spazierten mit hoch erhobenen Schwänzen durch die Küche in den Flur. Aimée folgte ihnen, um sie wieder einzufangen – da bemerkte sie es. Die helle Küchenlampe wirkte auf einmal so funzelig. Das Licht war voller Schatten. Und ein solcher Schatten legte sich auch auf ihre Seele.

Schlagartig wurde ihr das ganze Ausmaß ihrer Situation bewusst. Sie fühlte sich wie gestrandet, ohne Aussicht auf eine glückliche Zukunft. Alles erschien ihr sinnlos. Ihre Flucht und ihr ganzes Leben. Eine Mischung aus tiefer Traurigkeit und Antriebslosigkeit ließ sie auf einen Küchenstuhl niedersinken. Kein Gedanke mehr daran, die Katzen einzufangen.

Von oben erklang plötzlich Musik. Schwermütig schräge Klänge und die rauchige Stimme von Tom Waits erfüllten die Luft und hüllten Aimée ein. Ein Kloß bildete sich in Aimées Kehle.

Ihr entfuhr ein Schluchzen, als sie den Blick hob und zur offenen Küchentür blickte. Im Schatten des Flures sah sie jemanden stehen. Es war ein junger Mann in einem edlen grauen Anzug. Er hatte glattes, silberweißes Haar, welches ihm in Strähnen ins Gesicht fiel, und seine grauen Augen trugen Traurigkeit und Schwermut in sich. Sein schön geschwungener Mund war vom Weltschmerz gezeichnet. Er stand einfach nur dort und sah Aimée an. In seinem Arm hielt er eine rotgetigerte Katze, die sich schnurrend an ihn drückte. Der Refrain von *Downtown Train* umwehte ihn.

Dann drehte er sich wortlos um und verschwand aus ihrem Blickfeld. Sie hörte seine Schritte den Flur entlanggehen, und in diesem Moment fing Aimée an, herzzerreißend zu schluchzen. Die Tränen liefen ihr in Bächen über die Wangen und sie konnte sich kaum mehr beruhigen. Die Traurigkeit umhüllte sie wie ein Kokon, der sie alles um sich herum vergessen ließ.

Sie wusste nicht, wie lange sie dort gesessen hatte. Erst als es in der Küche immer stickiger wurde, begriff sie, dass der Auflauf im Ofen verbrannte. Sie stand widerstrebend auf und schaltete den Ofen ab. Als sie ihn öffnete, entwich dem Herd schwarzer Qualm und es stank furchtbar verbrannt.

Der Auflauf war nur noch ein schwarzer Klumpen. Aimée betrachtete ihr Werk emotionslos. Es spielte keine Rolle. Der Appetit war ihr vergangen.

In diesem Moment hörte sie erneut Schritte und die Stimmen der Jungs, die die Treppe hinaufkamen und die Küche ansteuerten.

„Um Himmels willen, Aimée, was hast du nur angestellt?", fuhr Cyrus sie an.

„Willst du die Bude abfackeln?" Frederic fächelte sich Luft zu und riss das Fenster auf.

„Kochen kann sie offensichtlich auch nicht", spottete George. „Mir scheint, du willst uns vergiften."

„Ich bin doch nicht euer Kochsklave", fauchte Aimée. „Wo ich schon den ganzen Tag nur putzen soll!"

„Du wohnst hier umsonst, da kannst du ruhig etwas beitragen", warf George mürrisch ein.

„Ach, so seht ihr das!", schrie Aimée.

„Nun stell dich mal nicht so an. Du bist ja völlig hysterisch", maulte Frederic und griff nach Aimées Arm.

„Fass mich nicht an, du Monster!", kreischte Aimée. „Ihr seid alle widerliche Monster! Ich ertrage euch nicht mehr!" Sie rannte in den Flur, schnappte sich ihre Jacke vom Haken und stürzte die Treppe hinunter zur Haustür. Aimée warf keinen Blick zurück, sondern rannte durch die Straßen, bis ihr die Luft ausging.

***

Die Jungen standen noch immer in der WG-Küche und starrten sich gegenseitig zornerfüllt an.

„Was sollte das? Ihr seid schuld, dass Aimée abgehauen ist!", fluchte Cyrus.

„Ach ja? Du wolltest sie doch von Anfang an nicht hier haben!", polterte George los.

„Aber du hast ihr vorgeworfen, nicht kochen zu können! Ich hätte es wenigstens probiert. Du hast ihre Gefühle verletzt", fuhr Frederic George an.

„Gefühle? Da spricht ja der Richtige", fauchte George. „Wenn ich mich nicht irre, nannte sie dich ein Monster!"

„Sie hat uns alle Monster genannt!", bemerkte Cyrus beleidigt.

„Wenn hier jemand schuld ist, dann doch du", schrie George. „Du musstest ja unbedingt mit ihr in die Kiste springen! Aber ob wir alle verbannt werden, interessiert den feinen Herrn Amor ja nicht."

„Was?! Du hast Aimée flachgelegt?", rief Frederic zornig.

„Jetzt spiel du hier mal nicht den Eifersüchtigen. Für dich ist Liebe doch nur ein billiges Wort, um deine Gespielinnen rumzukriegen", schrie Cyrus.

„Natürlich, du weißt es ja so viel besser als ich unwissender Incubus. Du kennst die Liebe doch nur als graue Theorie,   Mr Ich-darf-selbst-keine-Liebe-empfinden", konterte Frederic wütend.

Von oben erklang die wehmütige Stimme von Tom Waits. Der Song *Temptation* dröhnte durch das Haus.

Die Jungs blickten sich für einen Moment an und brüllten dann wie aus einer Kehle: „Jeremy, verdammt!"

***

Aimée blieb schwer atmend stehen. Langsam wurden ihre Gedanken wieder klarer. Was war da eben nur geschehen? All dieser Zorn und die Traurigkeit, die sie erfüllt hatten, hatten sie wie eine Tsunamiwelle unter sich begraben. Sie hatte die Jungs nicht Monster nennen wollen. Sie hatte nichts von alledem gewollt. Aber warum waren die Jungs nur so gehässig zu ihr gewesen? Hatte das etwas mit dem Fremden im Flur zu tun? Bei dem Gedanken an ihn zog sich schmerzvoll ihr Herz zusammen. Sie spürte erneut all die Verzweiflung und den Schmerz, wenn sie nur an seinen Anblick dachte.

Sie überlegte, was sie nun tun sollte. Sie hatte ihre Sachen in der WG zurückgelassen – nicht einmal Geld hatte sie dabei –, aber zurück konnte sie auch nicht. Nicht nach dem, was dort eben passiert war.

Aimée zog den Teelöffel aus ihrer Jackentasche. Er war tiefschwarz angelaufen. Sie fuhr mit dem Finger darüber, dann versuchte sie mit Spucke und dem Saum ihres T-Shirts den Löffel zu polieren. Für einen Moment glaubte sie, damit Erfolg zu haben – der Löffel wurde am Griff etwas blanker –, doch sofort färbte sich der Löffelstiel wieder schwarz. Aimée seufzte. Es hatte keinen Sinn.

Ihr blieb nur eine Möglichkeit. Sie musste versuchen, den Laden von Artkis Ramschus ausfindig zu machen, und ihn bitten, ihr einen neuen Löffel zu geben. Vielleicht würde er sich angesichts ihrer neuerlichen Notlage großzügig zeigen. Damit könnte sie den Häschern ihres Bruders zumindest für einige Zeit entkommen und vielleicht würde sie einen Weg finden, nach Schottland zu ihrer Großtante zu fliehen. Wenn es sein musste eben per Anhalter.

Sie hatte seit Jahren keinen Kontakt mehr zu ihrer Großtante gehabt, aber in diesem Moment kam sie ihr wieder in den Sinn. Sie war eine der letzten lebenden Verwandten, die sie hatte. Tante Millicent war zwar als Familiendrache verschrien, aber nachdem sie es mit Dämonen unter einem Dach ausgehalten hatte, sollte ein Drache doch kein Problem sein, oder?

***

Jeremy und Cyrus saßen auf dem Dachgiebel. Die frische Luft hier draußen ließ die düsteren Schwingungen von Jeremy weniger erdrückend wirken, obwohl am Horizont dunkle Wolken aufzogen.

Cyrus atmete tief durch.

Jeremy kraulte die rote Katze, die immer noch in seinem Arm lag. „Ich muss also schon wieder gehen? Ich hatte gehofft, mich wenigstens mal eine Nacht ausruhen zu können." Jeremys Stimme war melodisch und sanft, aber in ihr schwang eine unerträgliche Traurigkeit mit.

Sofort fühlte Cyrus sich schuldig, aber er schüttelte das Gefühl ab. „Wie du gesehen hast, haben wir einen Gast. Das Mädchen braucht unseren Schutz, und deine Aura hat sie aus dem Haus getrieben. Dieses Mal war deine Aura wirklich besonders schlimm. Selbst wir sind uns innerhalb von Minuten an die Gurgel gegangen. Das schaffst du doch sonst frühestens nach einem Tag", scherzte Cyrus, doch Jeremys düstere Miene blieb unverändert. „Jedenfalls ist Aimée weg, und George und Frederic sind losgegangen, um sie zu suchen. Ich werde mich auch gleich auf den Weg machen. Wir befürchten, dass ihr Leben in Gefahr ist. Vielleicht könntest du, solange Aimée unser Gast ist, von Übernachtungen in der WG absehen?"

Jeremy sah auf die kleine Katze hinab, die sich nun umso mehr an ihn kuschelte, als wollte sie ihn trösten. „Ich verstehe. Ihr wünscht meine Anwesenheit nicht. Nun, dann muss ich mich wieder auf Tour begeben."

„Danke, Jeremy", sagte Cyrus aufrichtig.

Jeremy stand auf. „Ich wünsche euch viel Erfolg. Sie sah wirklich süß aus. Auch mit verweinten Augen."

Cyrus nickte, dann fiel ihm noch etwas ein: „Ich habe da noch eine Bitte an dich. Könntest du dich dennoch in der Nähe aufhalten? Deine Fähigkeiten könnten uns von großem Nutzen sein, falls wir angegriffen werden."

Jeremy zog eine Augenbraue hoch und sah für einen Moment deutlich weniger traurig aus. „Ihr braucht mich?" Seine Mundwinkel zuckten, und Cyrus glaubte darin den Versuch eines Lächelns zu erkennen.

„Wirst du uns helfen?"

Jeremy nickte. „Du weißt doch, ich bin kein böser Dämon. Ich erwecke nur das Schlechte in jedem Einzelnen. Meine Aura steht euch zur vollen Verfügung."

„Ich bin sehr froh, dass wir auf deine Unterstützung zählen können. Du hast es ja auch nicht immer leicht mit uns."

Jeremy nickte langsam. „Ich lasse euch einen meiner kleinen Freunde hier. Sobald ihr in Not seid, schick ihn zu mir. Er wird mich finden." Damit zeigte Jeremy auf einen struppigen schwarzen Kater, der in einiger Entfernung auf einem Schornstein saß und die Szene mit seinen gelben Augen aufmerksam beobachtete, dann löste Jeremy sich in einer schwarzen Rauchwolke auf, die von einer leichten Abendbrise davongeweht wurde.

KAPITEL 14

Aimée erreichte mit einigen Mühen Angell Town. Sie fand einen netten älteren Herrn, der ihr das Geld für die Tube schenkte, so dass sie sich ein Bahnticket kaufen konnte. In Angell Town irrte sie eine Zeitlang umher, bis sie endlich die richtige Straße fand. Die Straße, in der sich die dunkle Seitengasse befand und in der alles begonnen hatte, lag ruhig da. Die Häuser wirkten so gespenstisch, als ob dort überhaupt keine Menschen wohnten.

Doch die erschreckende Leere auf der dunklen Straße war nicht das Schlimmste. Sie lief die scheinbar endlose Straße auf und ab, aber nirgendwo war die schmale Gasse zu entdecken.

„Das darf doch nicht wahr sein!", schimpfte Aimée. Sie rannte immer hektischer auf und ab. Das hier war die Straße aus jener Nacht, sie war sich hundertprozentig sicher. Dann erinnerte sie sich an das, was Cyrus gesagt hatte. Dass Artkis Ramschus sich verbarg. Aber ... er konnte doch nicht eine ganze Gasse verschwinden lassen, oder etwa doch?

Aimée blieb vor einer glatten Häuserwand stehen. Hier war es gewesen. Sie war sich ganz sicher. Hier war noch vor wenigen Tagen der Eingang zu jener Gasse gewesen, in der sich Artkis' Laden befunden hatte.

Die Verzweiflung stieg in Aimée hoch. Sie hämmerte wie verrückt mit den Fäusten an die Wand.

„Mr Ramschus? Artkis Ramschus?", rief sie die abendliche Straße entlang. „Wenn Sie mich hören können, ich brauche ganz dringend Ihre Hilfe! Bitte!"

Ihr war bewusst, wie bekloppt sie aussehen musste. Doch sie wusste sich nicht anders zu helfen, als weiter gegen die Hauswand zu schlagen. Durch die raue Wand schürfte sie sich ihre Hände auf.

„Na, sieh mal an, was wir hier für ein Schätzchen gefunden haben", erklang eine bedrohliche Stimme hinter Aimée. Sie drehte sich um und stand den Bodyguards ihres Bruders gegenüber. Wie konnten sie sie hier gefunden haben? Aimée hatte doch nicht einmal ihr Smartphone dabei.

Calvin grinste brutal. Er trug einen Verband über dem rechten Auge. „Du hast uns lange genug zum Narren gehalten. Jetzt steig schön brav ins Auto. Dein Bruder erwartet dich."

„Was ist mit deinem Auge passiert?", fragte Aimée, um Zeit zu schinden. Auf gar keinen Fall würde sie freiwillig in den Bentley steigen. Hektisch sah sie sich nach Hilfe um, aber die Straße lag weiterhin wie ausgestorben da.

Calvin zog eine Waffe aus dem Schulterholster unter seinem Jackett und zielte auf Aimée. „Dafür wird noch jemand bezahlen. Und jetzt steig endlich in den Wagen, Schlampe!" Er machte eine auffordernde Bewegung mit der Hand, in der er die Waffe hielt, doch Aimée reagierte nicht. Sie starrte an den beiden Schlägern vorbei auf die andere Seite der Straße. Dort schälte sich in diesem Moment eine Gestalt aus dem Dunkel. Eine Gestalt, die sich die Lederjacke vom nackten Oberkörper riss ... und ihre Flügel entfaltete.

George spannte seinen Bogen und schoss. Matthew drehte sich getroffen um und richtete seine Waffe auf den Angreifer, aber noch bevor er auf den Amoridicius feuern konnte, hatte dieser bereits einen neuen Pfeil abgeschossen. Er traf Calvin direkt in die Brust. Für einen Moment starrte Calvin auf den zarten Pfeil in seiner Brust, dann sank Matthew vor ihm auf die Knie. „Calvin, du warst immer wie ein Bruder für mich. So viele gefährliche Einsätze haben wir zusammen durchgestanden. Weißt du noch, wie wir damals den Stier von Hackney umgenietet haben?"

„Ja", schniefe Calvin gerührt. „Das waren noch Zeiten."

„Ich habe es dir niemals gesagt, aber ich liebe dich, Mann", gestand der bullige Bodyguard unter Tränen.

„O Matthew!"

Die beiden Schläger sanken sich in die Arme und heulten wie zwei Schlosshunde. Aimée konnte ihren Blick kaum von diesem surrealen Schauspiel abwenden, doch eine Bewegung in ihrem Augenwinkel ließ sie sich umblicken.

George winkte ihr zu. „Komm, lass uns verschwinden, Süße, solange die Kerle mit sich selbst beschäftigt sind."

Das ließ Aimée sich nicht zweimal sagen. Sie lief zu George und deutete mit einem Lächeln auf den Lippen auf die beiden Bodyguards: „Du bist ganz schön fies, weißt du das?"

„Man tut, was man kann." George zwinkerte ihr zu und zog sich seine Jacke wieder über.

„Danke! Du bist im rechten Moment aufgetaucht." Aimée beugte sich vor und gab George ein Küsschen auf die Wange. „Du hast mich gerettet."

Der Amoridicius lief rot an. „Nicht der Rede wert, Süße. Ich habe mir gedacht, dass du hierher fahren würdest, um einen neuen Schutzzauber zu bekommen. Aber jetzt müssen wir uns beeilen. Wir sollten schnell zurückfahren. Chris hatte eine weitere Vision. Sie könnte uns helfen."

„Ich kann nicht mehr zurück. Was da vorhin passiert ist ...", begann Aimée.

„Mach dir keine Gedanken. Keiner von uns konnte etwas dafür." George fasste ihre Hand und zog sie mit sich.

„Aber all die hässlichen Sachen, die wir gesagt haben."

George sah sie an. „Das war Jeremy. Ich habe dir doch gesagt, dass er jede Party crasht. Jetzt hast du erlebt, wie es ist, wenn er sich in der Nähe aufhält. Wir ertragen ihn selbst nur kurz, bevor wir uns gegenseitig an die Gurgel gehen. Aber heute war es ungewöhnlich schnell. Normalerweise dauert es länger, bis uns seine Gegenwart so anfrisst."

„Du meinst, wenn er in der Nähe ist, verhaltet ihr euch immer so?" Aimée machte große Augen.

„Nicht nur wir", kicherte George. „Kein Wesen kann ihn auf Dauer um sich haben. Alle ticken irgendwann aus. Menschen werden in seiner Gegenwart besonders schnell aggressiv. Er ist ein Schwarzer Mann. Er löscht alle Freude, alles Glücksempfinden aus, und zurück bleiben nur negative Gefühle wie Angst, Hass, Zorn, Eifersucht, Zweifel und tiefste Traurigkeit. Die ganze Bandbreite negativer Gefühle. Wo er sich aufhält, kommt es früher oder später zu Streit und Gewalt.

Wenn er zu lange an einem Ort verweilt, können sogar Kriege ausbrechen."

„Dann ist Jeremy schuld an all dem Leid und der Gewalt in der Welt?"

„Nein, das schafft ihr Menschen auch ganz allein. Er kann ja auch nicht überall sein. Aber er holt all die negativen Emotionen aus den Wesen in seiner Umgebung hervor und bringt sie ans Tageslicht. Wenn jemand ganz besonders viele schlechte Gefühle hat, treten sie mit Wucht nach außen. Das kann schon mal zu Mord und Tot schlag führen. Aber die ursprünglichen Emotionen waren in dem betreffenden Menschen schon vorhanden."

„Ah, ich verstehe, aber warum tut er so etwas? Ich meine, was ist der Sinn des Ganzen?", wollte Aimée wissen. Die Schritte der beiden hallten von den Häuserwänden wider.

George zuckte die Schultern. „Du fragst mich ernsthaft nach dem Sinn des Lebens? Ich kann es mir nur so erklären, dass die Menschen etwas daraus lernen sollen."

„Aha, vielleicht darauf zu achten, den Fokus im Leben mehr auf die positiven Gefühle zu legen?", überlegte Aimée.

„Ja, viele Leute nehmen ihr Leben selbst in die Hand, so wie sich einige von euch auch allein verlieben. Allerdings bin ich immer noch der Meinung, man sollte solch elementare Angelegenheiten lieber den Fachleuten überlassen. Denn immer, wenn es schiefgeht, wird rumgejammert. ‚Menno, Amor hat wieder Scheiße gebaut!' Du kannst dir gar nicht vorstellen, was für wenig schmeichelhafte Sprüche allein im Internet existieren – der reinste Shitstorm!"

Aimée musste lachen. „Doch, das kann ich."

„Hier geht es zur Hauptstraße, da nehmen wir uns ein Taxi. Ich will so schnell wie möglich wieder bei den anderen sein", sagte George.

„Hier ist alles wie ausgestorben. Wenn ich mein Handy dabeihätte, könnte ich uns eins rufen. Da fällt mir ein: Ich verstehe nicht, wie Calvin und Matthew mich aufspüren konnten. Das letzte Mal haben sie mein Smartphone geortet. Aber dieses Mal hatte ich es gar nicht dabei. Seltsam, oder?"

„Das ist in der Tat ... uh." George ging unvermittelt zu Boden, und Aimée fuhr herum. Jemand hatte ihn von hinten niedergeschlagen.

Drei finstere Typen standen Aimée nun gegenüber. Sie waren mindestens so hochgewachsen wie Chris und ihr Mienenspiel war so ausdruckslos wie das von Mamorstatuen. Sie alle trugen lange schwarze Ledermäntel und hatten schulterlange Haare. Aimée erkannte die Männer sofort. Sie hatte sie schon einmal gesehen.

„Was wollt ihr?", fragte sie, obwohl sie es schon ahnte.

„Du wirst uns begleiten."

„Wohin?", wollte sie wissen.

„Zu Arik", kam die knappe Antwort von einem der Männer.

„Ah ja? Und wer ist dieser Arik?", hakte Aimée nach.

„Dein Bräutigam, und jetzt schweig Weib!", antwortete ein anderer mit kalter Stimme.

Eine eisige Hand legte sich auf ihre Schulter und drückte zu. Sie spürte, wie sich klauenartige Fingernägel in ihr Fleisch bohrten, und Aimée war schlagartig klar, dass es sich bei den Typen nicht um Menschen handelte. Sie schrie vor Schmerz kurz auf und ließ sich dann zu einer langen schwarzen Stretchlimousine führen. George ließen die Männer einfach auf dem Gehweg liegen.

Aimées Augen füllten sich mit Tränen. Sie hoffte, dass George nicht lebensgefährlich verletzt war. Was immer das auch für Wesen waren, sie hatten so gar keine Ähnlichkeit mit den liebenswerten Dämonenjungs. Diese Wesen wirkten kalt, emotionslos, und ihre Gesichtshaut schimmerte unnatürlich grau. Sie sahen alle auf unheimliche Weise gleich aus. Gleich tot.

***

„Wo bleibt George nur?" Cyrus lief in der Küche auf und ab. „Bist du sicher, dass du gesehen hast, wie er sie gefunden hat, Chris?"

„Wenn ich es dir doch sage! Das Bild war klar und deutlich."

„Aber warum sind sie noch nicht zurück?" Cyrus' Unruhe war im ganzen Raum spürbar. Sie war wie ein elektrisches Knistern, das die Luft erfüllte. Er warf einen Blick auf die Wanduhr. „Etwas stimmt nicht. Ich fühle es genau!"

Frederic überlegte, ob er Cyrus damit aufziehen sollte, dass er, wenn es um Aimée ging, nicht mehr klar denken konnte, doch er verkniff sich einen frechen

Spruch. Er konnte sehen, wie Cyrus litt. Und auch Frederic machte sich langsam Sorgen. Er mochte Aimée, und immerhin war Cyrus so etwas wie ein Bruder für ihn. Sie gehörten beide zu den Liebesdämonen, wenn auch zu völlig unterschiedlichen Seitenlinien.

Sie hatten alle drei gemeinsam nach Aimée gesucht, bis Chris eine Vision ereilt hatte. Dieses Mal war es nur eine kurze Vision gewesen, aber sie war klar und deutlich. George hatte Aimée gefunden.

Die Jungs waren zur WG zurückgefahren, aber dort fehlte von den beiden jede Spur. Mittlerweile waren über zwei Stunden vergangen und weder von George noch von Aimée gab es ein Lebenszeichen.

„Wenn die beiden nur ein Handy dabeihätten. Aimée hat ihres auch hier liegen gelassen." Cyrus lief weiterhin Spurrillen in den Fußboden. Er raufte sich die Haare. „Was gäbe ich jetzt dafür, ein Blutdämon zu sein. Dann würde ich ihre Spur finden. Aber so bin ich völlig nutzlos! Wenn ihr nur nichts zugestoßen ist!"

Frederic konnte dieses Schauspiel nicht mehr mit ansehen. „Hey!", sagte er und brachte Cyrus zum Stillstand, indem er ihn energisch an den Schultern packte. „Du musst einen klaren Kopf behalten."

„Danke, das ist sehr hilfreich."

„Das vielleicht nicht, aber ich hätte eine – zugegeben verrückte – Idee. Wo du gerade Blutdämon sagst. Chris, du bist doch letztens in Trance gefallen, als du Aimée berührt hast. Deine Reaktion war viel heftiger als sonst. Irgendwas schien deine Kräfte verstärkt zu haben. Und denkt doch nur einmal daran, wie geballt Jeremys dunkle Aura war, und mein sexueller Energiebedarf frisst mich fast auf, seit Aimée bei uns wohnt. Kommt euch das nicht auch seltsam vor? Es ist nur ein vager Gedanke, aber vielleicht hat sie etwas damit zu tun. Und du als Seher kannst doch die Essenz von Dingen nutzen, um Visionen zu empfangen. Vielleicht kannst du eine Vision auslösen, indem du einen persönlichen Gegenstand in die Hand nimmst.“

„Bisher konnte ich Bilder noch nicht durch die Berührung von Gegenständen empfangen. Soweit bin ich in meiner Ausbildung noch nicht, aber du hast recht. Wir sollten es auf jeden Fall versuchen“, erklärte sich Chris einverstanden.

Cyrus strahlte ihn an. „Das ist eine hervorragende Idee. Auf jeden Fall besser, als hier nur rumzusitzen.“

Zehn Minuten später probierte Chris verschiedene Gegenstände aus Aimées Zimmer aus. Sie lagen vor ihm auf den Tisch verteilt. Er berührte sie und schloss die Augen. Er versuchte sich auf die Besitzerin und ihren Aufenthaltsort zu konzentrieren, aber er empfing nichts.

„Also ich enttäusche euch nur ungern, aber bisher sehe ich nichts“, gab Chris zu. „Keine Schwingungen, die mir einen Weg weisen. Die Essenz ihrer Gefühle an diesen Gegenständen ist nicht stark genug, um Bilder in mir hervorzurufen.“ Er legte das Handy zur Seite.

„Probiere es weiter“, drängte ihn Cyrus.

Sie saßen fast eine Stunde am Küchentisch zusammen und hofften, dass Chris ein Bild empfing, als plötzlich die Haustür klappte. Frederic und Cyrus stürzten zeitgleich in den Flur. Am Fuße der Treppe lehnte George. Seine blonden Locken waren von Blut verkrustet. Sein Blick flackerte.

„Sie haben sie mitgenommen!“

„Wer? Wer hat Aimée mitgenommen?“, rief Cyrus. „Verdammte Kampfengel!“

KAPITEL 15

*Mit der sorgsamen Auswahl von Verbündeten lässt sich
der Sieg in jeder Auseinandersetzung garantieren.*
Sheriff von Nottingham

George berichtete, was vorgefallen war, während Chris weiter versuchte, eine Vision zu erhalten.

„Gegen Kampfengel haben wir keine Chance. Dafür sind wir nicht geschaffen", gab Frederic gerade zu bedenken, als Chris einen Laut ausstieß, der klanglich irgendwo zwischen einem erfreuten Juchzen und dem Balzruf eines Elches anzusiedeln war.

„Dieses T-Shirt hier hat hervorragende Schwingungen. Ich empfange ein vages Bild. Es ist allerdings sehr verschwommen."

„Konzentriere dich! Kannst du etwas erkennen?", feuerte ihn George an.

„Ich sehe einen dunklen Ort. Lange Gänge und tiefschwarze Finsternis." Chris' Gesicht verzog sich. „Es ist kalt dort. Aimée friert."

„Das wird nicht ihr einziges Problem sein, nehme ich an", bemerkte Frederic ironisch.

„Ssssch", zischte George. „Störe ihn nicht."

„Kannst du noch etwas sehen?", fragte Cyrus.

„Alles dunkel", antwortete Chris mit monotoner Stimme. Sie klang, als wäre er weit weg.

„Versuche zurück zu gehen, um uns mehr sagen zu können", forderte Cyrus seinen Freund auf.

Chris stöhnte. „Ich sehe ... Menschen. Massen von Menschen. Sie suchen Schutz in diesen alten Höhlen.

Schutz vor Bomben und Leid. Draußen herrscht Fliegeralarm.“

„Nein, nicht zurück in der Zeit, gehe zurück durch die Gänge. Gehe so weit, bis du etwas findest, dass uns den Ort erkennen lässt. Wir müssen wissen, wo man Aimée hinbringen wird. Wo, Chris?“

„Ich gehe, gehe meilenweite Wege durch die Gänge. Dort sind Puppen. Sie erinnern an den letzten Krieg.“

„Das bringt uns nicht weiter.“

„Vielleicht doch, Frederic.“ George zupfte sich nachdenklich am Ohrläppchen. „Soweit ich weiß, suchten im zweiten Weltkrieg tausende Menschen in den Chislehurst Caves Schutz. Diese Stollen existieren schon seit dem 13. Jahrhundert, und ich habe gehört, dass sie sich über achtundzwanzig Meilen erstrecken sollen. Ich wollte schon immer mal einen Ausflug dahin unternehmen. In den Tunneln soll es übrigens spuken.“

„Ein Spuk mit Flügeln und Harfe vermutlich“, kommentierte Frederic trocken. „Scheiß Engel“, schob er leise hinterher.

„Auf jeden Fall handelt es sich bei den Chislehurst Caves um einen magischen Ort“, bemerkte Cyrus. „Was immer die Kampfengel auch mit Aimée vorhaben, es wird vermutlich von elementarer Bedeutung sein, einen magischen Ort auszuwählen.“

„Aber soweit ich weiß, gibt es Führungen durch die Höhlen. Was könnte man dort unten also heimlich treiben?“, gab Frederic zu bedenken.

„Ich glaube kaum, dass mitten in der Nacht Führungen stattfinden. Außerdem werden bei diesen Führungen nur ausgewählte Bereiche der Stollen begangen. Es dürfte also noch genug einsame Tunnel und Höhlen geben, die sich für allerlei Schandtaten eignen", analysierte George die Lage.

„Vielleicht sollte ich meine Dates dorthin ausführen?", überlegte Frederic.

Cyrus zog eine Augenbraue hoch. „Die Lage ist ernst und deine Scherze sind unangebracht."

Frederic hob beschwichtigend die Hände. „Entspann dich! Ich will Aimée genauso vor diesen fiesen Typen retten wie du!"

Chris sagte nichts zu alledem. Er hatte die Augen weiter geschlossen und atmete so tief ein und aus, als ob er schliefe. Doch das war nicht der Fall. „Ja", sagte er plötzlich. „Das ist der Ort! Ich fühle es."

„Dann hoffen wir mal, dass du recht hast. Wenn sie Aimée woanders hinbringen, sind wir mit unserer Rettungsaktion am Arsch", brachte George die Situation auf den Punkt.

Während Chris langsam in die gegenwärtige Welt zurückkehrte, versuchten seine Mitbewohner, sich einen Schlachtplan zurecht zu legen.

„Ich wiederhole mich nur ungern, aber gegen Kampfengel haben wir nicht den Hauch einer Chance. Wir könnten den Rat informieren und um Unterstützung bitten oder wir versuchen es alleine? Jedenfalls brauchen wir einen Plan." Frederic sah Cyrus erwartungsvoll an. Auch wenn er Cyrus gerne ärgerte, was Unternehmungen anging, die Planung und Strategie erforderten, legte Frederic die Entscheidungen gerne in Cyrus' Hände.

„Ehrlich gesagt, wir haben keinen Plan. Was wir haben, ist der Überraschungsmoment. Und wir haben

Jeremy in der Hinterhand. Er ist unser Trumpf. Er ist in der Lage, die Stimmung der Engel derart kippen zu lassen, dass unsere Gegner sich gegenseitig an die Kehle gehen", sagte Cyrus.

„Du vergisst etwas", bemerkte Frederic. „Wir werden auch in den Höhlen sein. Mit etwas Pech werden wir uns ebenso an die Kehle gehen."

„Wir müssen uns so weit wie möglich von Jeremy fernhalten. Dann dreht der Feind zuerst durch", schlug George vor.

„Wenn du meinst, dass das reicht", zweifelte Frederic.

„Hast du einen besseren Plan?", fragte George.

Cyrus schüttelte den Kopf. „Für eine ausgefeilte Strategie haben wir sowieso keine Zeit. Also, während Jeremy sie beschäftigt, schnappen wir uns Aimée und dann ist Rückzug angesagt. Sollten auch menschliche Bewacher anwesend sein, darf George sie mit Liebe beschäftigen. Es ist anzunehmen, aus allem was wir bisher wissen, dass die Kampfengel mit dem Bruder von Aimée gemeinsame Sache machen, und dann dürften auch seine Leibwächter vor Ort sein. Ich will, dass die alle beschäftigt sind, George. Und wenn die sich in einen Stein verlieben, hörst du? Es ist mir egal. Bei Engeln wirken deine Pfeile ja leider nicht. Wo kein Herz ist, kann man auch nichts zum Schlagen bringen."

„Gut", fasste George zusammen, „wir wissen, wo sie mit Aimée hinwollen, was wir nicht wissen ist, was sie vorhaben. Unser höchstes Ziel ist es aktuell, sie zu befreien – also sie zu schnappen und mit ihr abzuhauen. Alles Weitere klären wir hinterher. Habe ich das so richtig verstanden?"

Cyrus nickte. „Ja, so könnte man es sagen. Wie gesagt, es ist kein wirklicher Plan, aber das primäre Ziel ist es, sie aus den Klauen der Engel zu befreien."

„Und die Zeit drängt", fügte Frederic hinzu.

„Dann sollten wir uns auf den Weg machen."

„Ich werde Jeremy informieren. Chris, sobald du dich etwas erholt hast, folge uns. Du bist der Einzige von uns, der einige Zeit im Trainingscamp von Wut-Dämonen gelebt hat. Wir könnten deine Nahkampferfahrung brauchen", bat Cyrus.

Chris schlug langsam die Augen auf und nickte matt. „Ich folge euch, sobald ich kann", flüsterte er.

Cyrus lief hinauf zur Dachluke. Er streckte seinen Kopf hinaus und suchte nach dem schwarzen Kater. Er entdeckte ihn nur wenige Meter von der Luke entfernt. Das Tier thronte noch immer auf dem Schornstein.

„Hallo, Kater, du musst Jeremy Bescheid geben, dass er uns in den Chislehurst Caves aufsuchen soll. Verstehst du mich?"

In den Augen des Tieres blitzte es auf. Mit einer Eleganz, die nicht von dieser Welt zu sein schien, sprang das Tier von seinem Aussichtspunkt und schritt wie der König der Welt über den Dachgiebel von dannen.

„Wie lange brauchen wir zu den Höhlen?", fragte Cyrus, als sie das Haus verließen.

George zuckte die Schultern. „Ich schätze mal so ungefähr eine gute Stunde mit dem Dämonentaxi."

„Kaum schneller als mit einem gewöhnlichen Wagen", grummelte Cyrus. „Aber was soll's."

Er nickte George zu und dieser zog ein Stück Kreide hervor. Er malte damit einige Zeichen auf den Weg, und nur Sekunden später bog ein mitternachtsschwarzer Ferrari um die Ecke. Ein Typ mit Rastalocken und vier Hörnern steckte seinen Kopf aus dem Fenster und grinste die Jungs an. „Ich habe läuten gehört, ihr habt es eilig, Freunde?"

***

Chris stand langsam auf und ging die Treppe hinunter. Sein Blick war nach innen gerichtet. Wie ein Zombie bewegte er sich auf den kleinen Raum im Erdgeschoss zu. Wie von selbst gaben seine Finger die Kombination am Türschloss ein. Er ging auf den Dimensionskreis zu und trat in dessen leuchtende Mitte. Sofort umschlossen ihn nebelartige Gebilde, und nur einen Moment später hatte Chris diese Dimension verlassen.

KAPITEL 16

Es kommt darauf an, sich zu unterscheiden. Ein Engel im Himmel fällt niemandem auf.
George Bernard Shaw

Aimée saß zwischen zwei der unheimlichen Typen. Einer saß ihr gegenüber, doch er sah durch sie hindurch. Sie hatte noch einmal versucht, Fragen zu stellen, darüber, was man mit ihr vorhatte, doch die einzige Antwort, die sie bekommen hatte, war ein schmerzvoller Hieb mit der Klauenhand gewesen.

„Okay", murmelte sie, während sie ihre blutige Wange hielt. „Ihr seid eher so von der schweigsamen Sorte, was?"

Während der Fahrt spähte sie hin und wieder durch die getönten Scheiben der Stretchlimousine.

Der Wagen fuhr in südöstlicher Richtung durch das nächtliche London. Aimée überlegte fieberhaft, wie sie aus dem Wagen entkommen konnte, doch ihr wollte nichts einfallen. Selbst wenn die Limousine an einer Ampel hielt, glaubte sie nicht, dass auch nur der Hauch einer Chance bestand, ihren Entführern zu entkommen. Diese Typen saßen so unbeweglich da, wie steinerne Buchstützen und strahlten eine Kälte aus, die Aimée frösteln ließ. In ihrem Kopf purzelten die unterschiedlichsten Fluchtideen wild durcheinander wie die Bällchen bei der Lottoziehung, nur ohne die Chance, eine Gewinnnummer zu ziehen.

Aimée hatte angenommen, dass die Männer sie zurück nach Wotton Hall bringen würden. Zurück zu ihrem Bruder Nathan und seinem Geschäftspartner. Doch sie bemerkte, dass der Wagen mittlerweile in eine andere Richtung fuhr. Als Aimée sich vorlehnte und erneut aus dem Fenster spähte, wurde sie von einem ihrer Entführer unbarmherzig zurück in den Sitz gedrückt. Nein, eine Flucht war unmöglich.

Sie dachte an die Jungs. Ob sie sich Sorgen machten? Würden sie versuchen, Aimée zu befreien? Gab es noch Hoffnung für sie, wenn diese Männer sie an einen unbekannten Ort verschleppten? Auf all diese Fragen wusste Aimée keine Antwort. Sie wollte jedoch die Hoffnung noch nicht aufgeben. Vielleicht ergab sich eine Möglichkeit zur Flucht, wenn sie ihren Zielort erreicht hatten. Doch wie hieß es so schön: Die Hoffnung stirbt bekanntlich zuletzt, aber sie stirbt.

Bevor die Limousine endlich am Zielort anhielt, zog man Aimée nicht nur einen stinkenden Leinensack über den Kopf, sondern band ihr auch die Handgelenke hinter dem Rücken zusammen. Dieses Vorgehen beunruhigte sie sehr. Wenn ihre Entführer während der Autofahrt es nicht für nötig gehalten hatten, ihr die Augen zu verbinden, und sie erst jetzt zu solchen Maßnahmen griffen, musste es unabdingbar sein, dass Aimée von diesem Moment an nicht mehr wusste, wohin man sie brachte. Mittlerweile glaubte sie nicht mehr daran, dass man sie zurück zu ihrem Bruder und ihrem zukünftigen Verlobten brachte. Es erschien ihr eher, dass diese Wesen ihr etwas viel Schlimmeres antun wollten. So wie sie es mit dem Mann im Gewölbe unter dem Weinkeller gemacht hatten.

Klauenhände zogen Aimée aus dem Wagen, und beinahe wäre sie gestürzt, so heftig stieß man sie vorwärts.

„Was soll das bedeuten?", verlangte sie erneut zu wissen. „Wo bringt ihr mich hin?" Ihre Stimme zitterte, obwohl Aimée versuchte, ihr einen festen Klang zu geben. Auf keinen Fall wollte sie, dass ihre Entführer spürten, wie die Angst ihr immer mehr die Kehle zuschnürte.

Natürlich hatte sie nicht ernsthaft mit einer Antwort gerechnet. Und so wunderte es Aimée auch nicht, dass stattdessen eine der Klauenhände erneut nach ihr griff. Sie packte sie grob am Ellenbogen und zerrte sie mit sich. „Aua", rief Aimée. „Nicht so grob! Ich komme ja schon."

„Schweig endlich, Weib!", zischte eine Stimme an ihrem Ohr. „Wenn du kooperativ bist, wird dein Leiden nur kurz sein."

Damit bestätigten sich Aimées Befürchtungen. Sie versteifte sich. Diese unheimlichen Kerle wollten sie umbringen! Aber warum nur? Was hatte sie getan? In Gedanken schickte sie ein Stoßgebet zum Himmel, dann wurde sie weitergezerrt.

Der Untergrund änderte sich. Ihre Schritte hallten von den Wänden wider und die Luft roch abgestanden. Es wurde kälter und Aimée fröstelte. Auf dem unebenen Boden stolperte sie immer wieder, und der feste Griff an ihrem Arm sorgte nun dafür, dass sie nicht stürzte. Es erschien ihr fast so, als befände sie sich wieder im Gewölbe unterhalb des Weinkellers des Familienanwesens. Doch der Weg, den sie entlanglaufen musste, kam ihr unendlich lang vor. Immer wieder wechselten sie die Richtung. Aimée glaubte, um sich herum die Aura von Angst und Leid wahrzunehmen, doch vermutlich war dies nur eine Sinnestäuschung, geboren aus der Todesangst, die sich in ihr Herz fraß. Wenn man ihr doch nur diesen schrecklichen Leinensack vom Kopf ziehen würde.

Nach einer gefühlten Ewigkeit waren sie am Ziel. Das Echo ihrer Schritte veränderte sich. Der Klang verriet ihr, dass sie einen Gang verlassen hatten und sich jetzt in einer Höhle oder einem größeren Gewölbe befinden mussten. Aimée spürte die Anwesenheit anderer Personen. Sie blieben stehen und für einen Moment passierte gar nichts. Aimée wagte kaum zu atmen, dann wurde ihr recht ruppig der Beutel vom Kopf gerissen.

Sie standen in einem dunklen Gewölbe, das nur von wenigen Gaslampen erleuchtet wurde, die man auf einige steinernere Sockel gestellt hatte. Sie tauchten das Gewölbe in ein schummriges Licht und warfen bizarre Schatten an die grob behauenen Wände. Vor Aimée stand ein Mann in einem langen dunklen Umhang. Als sie hochblickte, sah sie in tadelnde Augen.

„Nathan!", entfuhr es Aimée. Sie war nun doch überrascht, an diesem Ort ihrem Bruder gegenüber zu stehen.

„Da ist ja unsere kleine Ausreißerin. Unser kleiner Engel." Seine Stimme schien ganz sanft, und doch hörte Aimée eine schneidende Kälte darin. Ihr Bruder hatte sie niemals zuvor Engel genannt. Warum gerade dieser vermeintliche Kosename ihr solch eine Angst einjagte, wusste sie nicht in Worte zu fassen.

Wenn sie vor wenigen Minuten noch gedacht hatte, ihre Angst könnte nicht größer werden, so wurde sie nun eines Besseren belehrt. Die Angst wuchs langsam zu einer alles verzehrenden Panik an. Stocksteif vor Schreck stand Aimée da und starrte ihren Bruder an.

Nathan griff nach ihrem Gesicht und drückte ihr schmerzhaft seinen Daumen in ihre Wange. „Wo hast du dich nur herumgetrieben? Du hast uns ganz schön auf Trab gehalten. Calvin und Matthew waren gar nicht glücklich – nein, das waren sie nicht." Er schüttelte bedauernd den Kopf.

Aimée glaubte, ihr Bruder habe nun endgültig den Verstand verloren, und sie öffnete den Mund, um etwas zu erwidern, doch er schnitt ihr das Wort ab.

„Dein Verhalten war unziemlich. Arik hatte schon geglaubt, ich würde mich nicht an unsere Abmachung halten. Das hat mir gar nicht gefallen, weißt du, mein Engelchen? Du hättest beinahe deine eigene Hochzeit verpasst. Eigentlich sollte ich dich bestrafen, aber was wäre ich für ein Bruder, wenn ich an ihrem Hochzeitstag nicht ein Geschenk für meine einzige Schwester hätte?"

„Ich …", begann Aimée zaghaft.

„Ich habe dir dein Hochzeitskleid mitgebracht." Nathan schnippte mit den Fingern und einer seiner Männer trat vor. Er hielt einen weißen Fetzen in der Hand, der sich bei genauerem Hinsehen als weißes Leinenhemd entpuppte. „Sieh nur, geliebte Schwester, rein und weiß. Du wirst wunderschön in diesem Kleid aussehen. Unberührt und unschuldig." Er senkte seine Stimme und flüsterte ihr ins Ohr: „Ich hoffe doch, dass du noch unschuldig und rein bist. Das bist du doch, oder nicht? Du wirst mir doch keine Schande gemacht haben."

Aimée begann zu zittern. Sie starrte abwechselnd ihren Bruder und das weiße Leinenhemd an. Das musste alles ein Albtraum sein!

Nathan wurde ungeduldig. Er schien offenbar auf eine Antwort zu warten, doch Aimée brachte kein Wort hervor. Er fasste sie an den Schultern und schüttelte sie. „Los, sag schon!"

Sie sah ihm in die Augen und fand endlich die Wörter wieder. „Ich habe nichts Unrechtes getan", antwortete Aimée. Und das war die Wahrheit. Sie war sich keiner Schuld bewusst. Und was immer sie auch getan haben mochte, es ging ihren Bruder nichts an, wem sie ihre Liebe schenkte.

„Nun gut, dann will ich dir mal glauben, Schwesterherz." Mit diesen Worten nickte er den beiden Männern zu, die schweigend neben Aimée gestanden hatten. Sie öffneten ihre Handfesseln und führten sie zu einem großen, flachen Stein, der sich auf dem Boden in der Mitte der Höhle befand. Dahinter standen im Halbdunkel einige Personen, die sie bisher gar nicht wahrgenommen hatte. Sie trugen ebenfalls schwarze Kutten und bildeten einen Halbkreis. Ihre Gesichter vermochte Aimée nicht zu erkennen, da sie durch Kapuzen verhüllt waren, die lediglich Augenschlitze aufwiesen. Aimée verstand für einen Moment nicht, was man mit ihr vorhatte, bis sie nicht nur seltsame Symbole auf dem Stein erblickte, sondern auch kurze Ketten mit Hand- und Fußeisen an dessen vier Ecken entdeckte, die offensichtlich dazu dienten, jemanden zu fesseln.

Der Opferstein! Dieser Gedanke schoss Aimée wie ein Blitz durch den Kopf. Was für ein perverses Spiel trieb ihr Bruder mit ihr? Dass dies keine gewöhnliche Hochzeit werden sollte, war ihr längst klar, doch wie genau ihr Part in dieser Zeremonie aussehen sollte, wurde ihre erst jetzt mit Entsetzen bewusst.

„Zieh endlich dein Kleid an!", befahl ihr Bruder. „Dein Bräutigam wird jeden Augenblick hier sein."

„Nein", rief Aimée. Ihre panische Stimme hallte im Gewölbe wider.

„Runter mit den Klamotten!", schnauzte sie nun einer der Kapuzenmänner an. Aimée war sich sicher, dass dies einer der Mitarbeiter ihres Bruders war – und somit ein Mensch. Er hatte nicht diese kühle, überirdische Stimme, wie sie ihre drei Entführer hatten. Diese hatten sich bisher komplett zurückgehalten und Nathan die Führung überlassen. So wirkte es zumindest. Diese kalten Typen sorgten lediglich dafür, dass Aimée sich nicht losreißen und durch den hinter ihnen liegenden Gang fliehen konnte.

Als Aimée noch immer nicht reagierte, stieß ihr Bruder sie nach vorne, so dass sie auf den Stein fiel. Er stürzte sich auf sie und riss brutal den Reißverschluss ihrer Jeans auf. Hektisch zerrte er an den Hosenbeinen.

„Nathan! Um Himmels willen, was machst du da?", rief Aimée und versuchte verzweifelt, ihre Hose wieder hochzuziehen.

Ihre Gegenwehr erzürnte ihren Bruder nur noch mehr und er schlug ihr so hart ins Gesicht, dass ihr Kopf gegen den Stein schlug. Aimée fühlte, wie etwas Warmes an ihrer Schläfe hinab lief, dann wurde ihr für einen Moment schwarz vor Augen. Doch dieser Moment währte nur kurz. Nur zu bald fühlte sie mehrere fremde Männerhände auf sich, die ihr grob ihre Kleidung vom Körper rissen. Dann zog jemand ihre Arme nach oben und stülpte ihr das grobe Leinengewand über, welches unangenehm auf ihrer Haut kratzte. Sie versuchte, die Augen zu öffnen, doch schon der kleinste Lichtschimmer sorgte für schmerzhafte Explosionen in ihrem Kopf. Sie wimmerte leise, als die Männerhände ihre Hand- und Fußgelenke in Eisen legten. Aimée fühlte sich nackt und verletzlich. Sie glaubte, die gierigen Blicke der Kapuzenmänner zu spüren, die sie durch die Sehschlitze anstarrten.

Um den Stein herum wurden Fackeln aufgestellt und angezündet. Aimée versuchte erneut, ihre Augen zu öffnen, und es gelang ihr zumindest, ein Auge einen Spalt weit zu öffnen. Die linke Seite ihres Gesichts schwoll immer mehr an und der Schmerz pochte unter ihrer Haut. Nathan kniete nun neben ihr nieder und strich ihr eine Haarsträhne aus dem Gesicht, in der Blut klebte.

„Wirklich schade. Ich hatte mir so gewünscht, dass du schön für deinen Bräutigam aussehen würdest. Dein Ungehorsam hat alles verdorben. Nun muss Arik so eine entstellte Braut freien." Seine Stimme hatte einen bedauernden Tonfall.

Aimée konnte immer noch nicht glauben, dass ihr Bruder sie für irgendein krankes Ritual seinem Geschäftspartner zur Verfügung stellen wollte. „Um Himmels willen, binde mich los!"

„Aber Schwesterherz, du brauchst dir überhaupt keine Sorgen zu machen. Der Himmel hat dich bereits erhört. Du wirst die Braut eines Engels werden. Eines richtigen Engels!" Er kicherte. Seine Augen waren glasig und von einem irren Glanz erfüllt. Hatte ihr Bruder den Verstand verloren?

Aimée schluchzte in ihrer Verzweiflung auf. „Bitte, Nathan, ich flehe dich an! Lass das nicht zu! Lass nicht zu, dass er mir etwas antut!"

„Du hast es immer noch nicht verstanden, du dummes Ding! Ich gebe dir die Chance, Teil von etwas Großem zu werden!"

Sie versuchte, den Kopf zu schütteln, was gleich wieder einen dröhnenden Schmerz auslöste. Also hielt Aimée still und blickte mit dem offenen Auge Nathan an.

„Bitte lass von diesem Wahnsinn ab", beschwor sie ihren Bruder erneut.

„Das kann ich nicht."

„Aber warum tust du das?", schluchzte sie. Tränen der Verzweiflung liefen ihr die Wangen hinunter.

„Macht, kleine Schwester. Unendliche Macht und ewiger Reichtum. Ist das nichts? Und es kommt ja auch dir zugute. Du wirst die Frau des mächtigsten Heerführers auf Erden. Keiner ist mächtiger als Arik. Er befehligt Armeen von Engeln, und sie werden in einer beispiellosen Schlacht das Böse von der Erde vertilgen. Alle Dämonen werden vernichtet werden. Sieh es doch einmal so: Du tust ein gutes Werk. Das sollte es dir doch wert sein."

Fassungslos starrte sie ihren Bruder an, wie er diabolisch grinste. Nathan war tatsächlich wahnsinnig geworden.

„Nathan! Ist meine Braut bereit?", erklang eine volle melodische Stimme, die das Gewölbe mit ihrer kühlen

Präsenz ausfüllte. Ein hochgewachsener Mann stand umringt von seinem Gefolge in der Mitte der Höhle.

Eilig stand ihr Bruder auf und verneigte sich tief. „Ja, Herr. Sie ist bereit und erwartet Euch voller Ungeduld."

Ein hünenhafter Mann trat vor Aimée. Sie erkannte in ihm den Typen wieder, den sie vor ihrer Flucht aus ihrem Elternhaus dabei beobachtet hatte, wie er mit einem leuchtenden Schwert einen wehrlosen Mann köpfte. Sein ebenmäßiges Gesicht zeigte genauso eine überirdische Makellosigkeit wie die ihrer Entführer. Seine Haut schimmerte leicht bläulich und seine schulterlangen Haare leuchteten silbern. Sein Mienenspiel war kühl und emotionslos. Er musste dieser Arik sein, der Engel, von dem ihr Bruder gesprochen hatte. Für Aimée jedoch war er der personifizierte Teufel.

„Nein! Bitte nicht!", keuchte sie. Von erneuter Panik erfasst, zog sie mit aller Kraft an ihren Fesseln. Doch es nutzte nichts. Der Mann warf einen abschätzenden Blick auf sie und blickte dann ausdruckslos zu ihrem Bruder.

„Verzeiht, Herr, sie hat sich gesträubt. Ich musste sie maßregeln", erklärte Nathan untertänigst. „Doch ihr Gesicht sollte euch nicht stören. Sie wird bald wieder so schön aussehen wie zuvor."

„Menschliche Schönheit interessiert mich nicht. Sie ist vergeudet an sterbliche Kreaturen und schwindet nur allzu schnell. Mich interessiert nur ihre besondere Fähigkeit."

„Aber natürlich, Herr. Ihr sollt sie haben. Sie ist mein Geschenk an Euch und ich hoffe, Ihr werdet es mir wie versprochen lohnen."

„Du wirst deinen Lohn erhalten, sobald sie mir gehört. Sind alle benötigten Zutaten für das Verbindungsritual vollständig?" Seine Stimme hatte einen geschäftsmäßigen Ton.

„Was für eine Fähigkeit? Ich habe überhaupt keine besondere Fähigkeit!", wagte Aimée einen Einwand, doch die beiden Männer ignorierten sie.

Einer der Männer in den Kutten brachte ein schwarzes Samtkissen, auf dem mehrere Gegenstände lagen. „Hier, Herr. Die von Euch angeheuerten Dämonen haben alle benötigten Paraphernalien besorgt."

Arik nickte zufrieden. „Und sie haben auch alle ihre Belohnung erhalten."

Der Mann in der Kutte kicherte. „Wenn die gewusst hätten, dass sie zu ihrem eigenen Untergang beitragen."

Nathan brachte seinen Mitarbeiter mit einem strengen Blick zum Schweigen. Dieser zog sich zurück und nahm wieder seinen Platz an der Wand ein.

Arik nahm eine schwarze Feder und einen Tiegel, danach kniete er sich zwischen Aimées Beine. Er schob ihr Leinenhemd bis ganz nach oben. Vorsichtig öffnete er den Tiegel und verteilte einen schimmernden Staub auf ihrem Oberkörper. Mit der Feder zeichnete er Symbole in Goldstaub auf ihre Haut, die wie Feuer brannten. Aimée wimmerte und wand sich hin und her. Die Zeichen leuchteten kurz auf und verschwanden dann.

Arik legte nun die linke Hand auf ihren Unterleib. Er starrte auf sie hinab. Für einen Moment sah er fast ein wenig verdutzt aus. Dann stand er wieder auf und wandte sich an Nathan. „Du hast mich betrogen! Deine Schwester ist nicht rein, und schlimmer noch: Sie ist von dem schlimmsten beschmutzt, was man sich vorstellen kann. Von einem dreckigen Dämon. Einer dieser Kreaturen, die wir vom Angesicht dieser Erde tilgen wollen."

Nathan starrte den Engel an. „Nein! Das kann nicht sein. Ich habe doch alles getan … Ihr müsst Euch täuschen!"

Arik warf Nathan einen vernichtenden Blick zu. Einer der anderen Engel packte mit seiner Klauenhand Nathans Hals. „Wage es ja nicht, die Worte des Herrn in Zweifel zu ziehen."

„Nein, verzeiht mir, Herr. Wenn Ihr es sagt, wird es stimmen. Aber es ist nicht meine Schuld. Das müsst Ihr mir glauben", versuchte er, den Engel zu beschwichtigen.

„Bitte, Nathan, wach auf!", flehte Aimée. „Ich habe keine besondere Gabe. Das ist doch alles Wahnsinn! Und das ist auch kein Engel. Das ist ein Monster! Hast du nicht gehört, was er gesagt hat? Er will Unschuldige ermorden – und überhaupt sind Dämonen gar nicht schlecht. Wenn er sie alle ermordet, tötet er auch die Liebe auf dieser Welt. Du musst mir glauben!"

Nathans Gesicht verzog sich zu einer hasserfüllten Grimasse, als er den Kopf zu Aimée drehte. „Sorgt dafür, dass dieses Drecksstück den Mund hält!", wies er seine Männer an.

Einer der Kuttenträger trat zu Aimée und knebelte sie. Aimée schluchzte.

„Da wäre nur noch eine Kleinigkeit", bemerkte Arik kühl.

„Was für eine Kleinigkeit? Könnt Ihr das Ritual nicht mehr durchführen, Herr? Und was wird mit meiner

Belohnung?" Nathan blickte den Herrn der Engel bangend an.

„Mach dir keine Gedanken", wischte Arik Nathans Bedenken mit kalter Stimme fort. „Die Vereinigung wird stattfinden."

Nathan atmete sichtbar auf.

„Auch wenn du zugelassen hast, dass deine Schwester beschmutzt wurde, so brauche ich ihre Gabe, um mein Werk zu vollenden. Doch wird das benötigte Blut, das bei der Vereinigung fließen wird, nicht das Blut ihrer Unschuld, sondern das Blut ihres Herzens sein. Gebt mir den Ritualdolch!", forderte der Engel Nathan auf.

Doch Nathan zögerte einen Moment. „Ihr wollt meine Schwester während des Verbindungsrituals umbringen?" Zum ersten Mal wirkte Nathan kurz so, als ob ihm Bedenken kämen.

„Es ist unabdingbar, dass während der körperlichen Vereinigung besonderes Blut fließt, damit auch ihre Gabe der Energieverstärkung an mich übergeht. Nur durch die Gabe der Energiebündelung kann ich die Kräfte meiner Truppen derart erhöhen, dass meine Kämpfer stark genug sein werden, die gesamte Dämonenbrut auszulöschen. Du bist dir der Bedeutung dieser Aufgabe doch bewusst, oder?"

„Natürlich, Herr!"

„Du hast nicht dafür gesorgt, dass sie rein bleibt", fuhr der Heerführer fort. „Sei froh, dass ich dich dafür nicht bestrafe, sondern dir dennoch den versprochenen Lohn zahle."

„Unendliche Macht und Reichtum!" Die Gier glitzerte in Nathans Augen.

„Was immer dein menschliches Herz begehrt."

„So sei es!“, bekräftigte Nathan erneut den Deal. Ergeben senkte er seinen Kopf und reichte Arik einen silbernen Ritualdolch. „Es steht Euch frei, sie so zu nehmen, wie es Euch beliebt.“

Aimée wand sich auf dem Opferstein hin und her. Sie schrie gegen den Knebel an – alles ohne die Spur einer Chance. Ihr eigener Bruder verschenkte ihr Leben an einen wahnsinnigen Mörder.

Arik zog seinen langen Ledermantel aus und stand nur noch mit einer schwarzen Hose bekleidet vor dem Opferstein. Wie sie es bei George zuvor gesehen hatte, spreizten sich aus Ariks Rücken plötzlich schneeweiße Flügel hervor. Nur dass diese Flügel riesig waren und fast die gesamte Höhle einzunehmen schienen. Er blickte kalt auf Aimée herab.

Aimée schloss verzweifelt die Augen und mit ihrem Leben ab.

KAPITEL 17

„Schneller, Mann!", trieb Cyrus den dämonischen Taxifahrer an.

„Müssen wir an dieser Ampel wirklich bremsen? Die ist doch noch gelb", knurrte George.

„Es geht um Leben und Tod", bestätigte Frederic heftig.

„Immer locker bleiben, Freunde." Der Taxifahrer drückte eine Taste und ein Bob-Marley-Song erfüllte das Wageninnere. Cyrus, George und Frederic schauten sich fragend an, als der Taxifahrer einen Gang runterschaltete und Vollgas gab.

Der Ferrari preschte wie ein wilder Hengst nach vorne auf die Kreuzung zu. Autos bremsten und hupten. Entspannt sang der Taxifahrer mit, während sich seine drei Fahrgäste an ihre Sitze klammerten.

Die Fahrt zu den Chislehurst Caves gestaltete sich als Zerreißprobe für die Nerven der drei Jungs. Es war um diese Uhrzeit immer noch viel Verkehr auf den Straßen Londons, denn eigentlich schlief die Stadt nie. Doch der Fahrer nutzte auch kleine Seitenstraßen und Einbahnstraßen, um zügig durch die Stadt zu ihrem Ziel zu gelangen. Sie erreichten die Höhlen schließlich in Rekordzeit.

Selbst Frederic war etwas weich in den Knien, als er ausstieg. Das flache Gebäude, welches mit einem großen Schild ‚Cave and Café' auf dem Dach, auf den

Eingang der Chislehurst Caves hinwies, lag dunkel und verlassen da.

„Sieht jemand von euch Katzen?", fragte Cyrus hoffnungsvoll.

„Eher weniger", bemerkte George.

„Verdammt, dann ist Jeremy noch nicht da", fluchte Cyrus. „Ohne ihn werden wir kaum eine Chance haben."

„Dafür parkt dort hinten unter den Bäumen eine schwarze Stretchlimousine. Ich fresse einen Engel samt Harfe, wenn das nicht das Spießerauto unser Kampfengelfreunde ist", bemerkte Frederic.

Der Dämon mit den Rastalocken setzte den Ferrari zurück und stieg aus. „Was habe ich da gehört? Ihr legt euch mit Kampfengeln an?"

„So sieht's aus", bestätigte Frederic.

„Ganz schön gewagt für Typen wie euch." Ihr Fahrer grinste. „Dann könnt ihr sicher jede Hilfe gebrauchen, die ihr kriegen könnt. Als Pugna-Dämon kenne ich mich mit dem Kampfstil der Typen aus. Ich werde euch begleiten."

„Es könnte gefährlich werden", gab Cyrus zu bedenken.

„Umso besser!" Der gedrungene Pugna-Dämon lachte und entblößte dabei eine Reihe nadelspitzer Zähne. Er rieb sich begeistert die Hände. „Worauf warten wir noch?"

Die Jungs steuerten auf den Eingang zu. „Die Tür ist offen", stellte Frederic fest.

Sie traten ein und gingen durch das Café. Überall gab es Dekoration aus der Zeit, als die Chislehurst Caves noch als Munitionslager genutzt worden waren. Info-

Tafeln klärten über die Geschichte der Höhlen auf. Eine Treppe führte hinab und die Jungs folgten ihr.

„Verdammt dunkel hier", beschwerte sich Frederic.

„Dort hinten stehen Grubenlampen. Die werden sicherlich bei den Führungen benutzt. Kommt, lasst uns jeder eine mitnehmen."

Der Pugna-Dämon lachte. „Man merkt echt, dass ihr nicht einer Kämpfersippe entstammt, Jungs."

Frederic pustete sich eine blonde Haarsträhne aus der Stirn. „Ich stehe darauf, die Damen zu sehen, die ich beglücke. Nichts könnte mir einen größeren Kick geben. Ich muss kein eingebautes Nachtsichtgerät in den Augen haben."

„Zankt euch nicht", fuhr Cyrus dazwischen. „Du, Pugna, kannst uns führen, wenn wir in eine Situation kommen, in der wir gezwungen sind, die Laternen zu lösen."

„Mein Name ist Ragnar, aber ihr könnt mich Daniel nennen."

„Äh, natürlich Daniel. Also, so machen wir das. Noch Fragen?"

„Ja, wo finden wir nun eure Kampfengel? Da unten in den Höhlen? Das ist ein verdammt großes Arial", erkundigte sich Ragnar Daniel. „Ziemlich unübersichtlich für einen zünftigen Kampf."

„Ehrlich gesagt: Wir wissen es nicht", gab George zu.

„Dort hängt so etwas wie eine Karte." Frederic deutete auf eine Wandzeichnung.

Sie inspizierten die Karte.

„Das ist das reinste Labyrinth. Wo würde man am ehesten ein geheimes Ritual durchführen?", überlegte George laut.

„Vermutlich in den Gängen, die auch sonst nicht auf der üblichen Route der Führungen liegen. Schließlich will ein Ritual gut vorbereitet sein und man will keine unangekündigten Besucher“, gab Frederic zu bedenken.

„So würde ich es auch einschätzen“, stimmte Daniel zu.

„Wir müssen eben alle Gänge und Höhlen untersuchen und hoffen, dass wir etwas hören oder Licht sehen.“

„Vor allem müssen wir uns beeilen“, bemerkte Cyrus. „Aimée läuft die Zeit davon. Also los!“

Und so zündeten sie die Lampen an und begaben sich in die Höhlen.

Eine Zeitlang irrten sie in den von Menschenhand gehauenen Gängen des alten Feuersteinbergwerks umher. An einigen Stellen waren Helme, alte Metallbetten und Puppen ausgestellt, um an die Zeit zu erinnern, als das Bergwerk als Luftschutzbunker genutzt worden war. Doch nirgendwo war auch nur ein Laut zu vernehmen.

„Wo können sie nur stecken?“ Cyrus’ Stimme war deutlich anzuhören, dass die Sorge um Aimée ihn fast zerriss.

„Kannst du nichts wahrnehmen, Daniel?“, fragte Frederic.

„Was soll ich denn wahrnehmen können?“, erkundigte sich dieser ungewohnt heftig.

„Ich weiß es auch nicht“, fuhr George ihn an. „Vielleicht etwas riechen, oder so?“

„Ich bin doch kein Blut-Dämon. Wir Pugna haben einen eher schlecht ausgeprägten Geruchssinn.“

„Wie kann ein Kampfdämon einen schlechten Geruchssinn haben?“, wunderte sich nun auch Cyrus.

„Weil ich aus einer Dämension komme, die hauptsächlich von Schwefelquellen geprägt ist. Da wäre ein guter Geruchssinn eher kontraproduktiv.“

„Ich kann es mir lebhaft vorstellen“, bemerkte Frederic trocken und verzog angewidert das Gesicht.

„Wir sind aufgeschmissen“, schimpfte George. Er spürte, wie die Verzweiflung in ihm aufstieg. Das Licht der Grubenlampen schien bereits deutlich an Leuchtkraft eingebüßt zu haben, da es plötzlich viel dunkler in dem Gang wurde.

„Hallo, Leute, wo steigt die Party?“ Jeremy lehnte cool an einem Metallregal mit alten Munitionsteilen aus dem Ersten Weltkrieg.

„Endlich, Jeremy! Ich habe mich selten so gefreut, dich zu sehen!“ Cyrus strahlte.

Jeremy zog eine Augenbraue hoch. „Wie ungewohnt zu hören.“

„Ihr arbeitet mit einem Schwarzen Mann zusammen?“, fragte der Pugna-Dämon. „Respekt, Jungs. Seid wohl doch nicht die Weicheier, für die ich euch gehalten habe.“

„Nun mach mal halblang, ja?“, empörte sich Frederic.

„Können wir uns vielleicht wieder auf unsere Aufgabe konzentrieren?“, knurrte George.

Cyrus nickte heftig. „Jeremy, kannst du irgendwelche Schwingungen wahrnehmen? Sind hier irgendwo Leute? Spürst du vielleicht sogar Aimée? Sie wird sicherlich Angst haben. Du müsstest ihre Furcht fühlen können.“

Jeremy schüttelte bedauernd den Kopf. „Ich kann euch nicht führen, aber meine kleine Freundin kann es." Er deutete auf eine rotgetigerte Katze. Es war dieselbe Katze, die Jeremy bereits im Arm gehalten hatte, als er die WG das letzte Mal aufgesucht hatte.

„Lauf, meine Schöne, und finde das traurige Mädchen", bat er die Katze, und diese lief schnurstracks in einen Gang, den die Jungs auf ihrer Suche links liegen gelassen hatten, weil sie dort fälschlicherweise eine Sackgasse vermutet hatten.

Im gemessenen Abstand folgten sie der Katze. Jeremy lief dabei an der Spitze und die anderen Jungs folgten in gebührendem Abstand. Auf diese Weise würde Jeremy seine dunklen Wolken zuerst auf die Gegner aussenden können, ohne gleich auch seine Mitbewohner zu attackieren.

Nach einiger Zeit hörten sie jemanden schreien. Cyrus erkannte Aimées Stimme und wollte sofort losstürmen, doch Daniel hielt ihn zurück. „Ruhig, Loverboy! Wir wollen doch nicht das Überraschungsmoment verspielen."

Sie schlichen sich näher und hörten nun Aimée flehentlich rufen: „Du musst mir glauben!" Plötzlich verstummte sie.

Cyrus konnte sich kaum noch beherrschen. Immer näher schlichen sie sich an.

Jeremy beugte sich zu der roten Katze hinunter, die sich hingebungsvoll an seinem Bein rieb. „Vielen Dank, meine kleine Prinzessin. Nun lauf zurück. Hier wird es gleich zu gefährlich für dich." In seiner Stimme lag eine Zärtlichkeit, die keiner von den Jungs jemals bei

Jeremy vermutet hätte. Die Katze verschwand im dunklen Gang und die Jungs blieben zurück.

Ein Lichtschimmer fiel in den Tunnel. Sie spähten um eine Ecke und sahen eine größere Höhle. Am anderen Ende war ein Ritualstein in den Boden eingelassen. Darauf lag Aimée. Vor ihr stand in all seiner kalten Pracht ein Kampfengel mit ausgebreiteten Schwingen.

„Ach du dämonische Scheiße!", entfuhr es Daniel. „Das ist einer der drei großen Heerführer!"

Gerade knöpfte der Kerl sich die Hose auf.

„Es ist mir egal, wer er ist. Ich bringe ihn um!", knurrte Cyrus so finster, wie ein Amordämon nur konnte. Ohne eine weitere Sekunde zu verlieren, stürmte er in die Halle und stürzte sich auf den Engel. Er packte ihn von hinten am Hals und schrie: „Wage es ja nicht, du widerlicher Mistkerl, oder ich reiße dir jede deiner beschissenen Federn einzeln aus den Flügeln."

Die anderen Engel und menschlichen Wachen starrten für einen Moment auf die bizarre Szene, dann stürmten sie auf

Cyrus zu, um ihn von dem Engel loszureißen, damit dieser das Ritual vollenden konnte.

„George!", brüllte Cyrus. „Knöpf dir die Hampelmänner in den Kutten vor. Das sind Menschen."

Schon war George mit seinem Bogen dabei, ein wenig Liebe unter den Kuttenträgern zu verbreiten. Seine Pfeile flogen kreuz und quer durch die Höhle, während sich Daniel und Frederic auf die elitäre Kampfengeltruppe stürzten. Während Daniel wirklich ein kraftvoller und geschickter Kämpfer war, der es sogar mit zwei Engeln gleichzeitig aufnahm, musste Frederic ordentlich einstecken. Doch plötzlich wendete sich das Blatt.

Die Engel flüchteten in Scharren vor Frederic, der sie in einer Ecke zusammentrieb.

Gleichzeitig verbreitete Jeremy eine besonders starke schwarze Aura und schickte seine düsteren Wolken gezielt auf die Kampfengel, die sich gegenseitig an die Gurgel gingen, dass es für eine kurze Zeit gar nicht so schlecht für die kleine Truppe Dämonen aussah. Mittlerweile hüllten schwarze Nebel Jeremy ein.

Die menschlichen Wachen standen eng umschlungen und küssend in den dunklen Ecken oder hatten die Höhle bereits Händchen haltend verlassen.

***

Doch niemand der Kämpfenden hatte auf Nathan geachtet, und so bemerkte auch niemand außer Aimée, wie er sich an der Wand entlang zum Opferstein schlich und den Ritualdolch aufhob.

Er wandte sich den beiden Kämpfern zu, die in der Mitte miteinander rangen. Aimée musste hilflos mitansehen, wie Nathan sich Cyrus und Arik näherte. Sie schrie verzweifelt gegen ihren Knebel an, aber im Kampfgetümmel gingen ihre hilflosen Laute unter. Sie sah, wie Arik eine vermeintliche Schwäche zeigte und sich von Cyrus zu Boden ringen ließ. So sehr Aimée auch gegen ihren Knebel anschrie, sie konnte Cyrus nicht warnen, als Nathan ihm von hinten mit dem Dolch in den Rücken stach.

Cyrus schrie auf, als der Dolch in seine Schulter fuhr. Nathan zog den Dolch wieder hinaus und Blut lief aus der Wunde. Cyrus ließ für einen Moment von Arik ab, so dass dieser ihm einen Faustschlag verpassen konnte, der Cyrus taumeln ließ. Aimée bäumte sich mit aller Kraft gegen ihre Fesseln.

Während Arik noch einige weitere gezielte Hiebe auf Cyrus niedersausen ließ, öffnete Nathan die Fesseln an Aimées Hand- und Fußgelenken. Doch anstatt ihr zu helfen, drückte er den Dolch gegen ihren Hals. Er zwang sie, aufzustehen, und zog sie in seinen Arm. Dabei drückte er ihr von hinten den Dolch gegen ihre Kehle, während er sich mit ihr rückwärts auf einen weiteren Gang zubewegte.

In diesem Moment fiel Cyrus' Blick auf Nathan und Aimée. „Nein!", schrie er und versuchte zu Aimée zu gelangen. Doch Arik stieß den verwundeten Cyrus mühelos gegen eine Wand. Für einen kurzen Moment blieb er liegen, aber dann rappelte er sich wieder auf. Währenddessen ging Arik seelenruhig auf Nathan und Aimée zu.

„Alle mal ganz ruhig bleiben", befahl Nathan mit lauter Stimme in die Runde. „Sonst schlitze ich ihr die Kehle auf."

George ließ den Bogen sinken.

„Lass sie sofort gehen!", drohte Cyrus.

Nathan lachte nur und Arik legte seine Klauenhand auf Aimées Schulter. „Alle Engel zu mir!", befahl Arik.

Daniel ließ einen der Engel los, den er an der Kehle gepackt hatte.

George trat neben Cyrus und hielt ihn zurück. „Wir haben keine Chance. Du musst sie gehen lassen."

„Niemals!", knurrte Cyrus. „Gebt uns Aimée und wir lassen euch in Ruhe abziehen."

Arik lachte. „Ihr seid nicht in der Position, Forder-
ungen zu stellen. Aber ich will großzügig sein. Als
Erstes schickst du mal dieses schwarze Monster weg.
Dann können wir vielleicht verhandeln."

„Glaub ihm nicht!", rief Frederic.

„Also gut", gab Cyrus nach. „Jeremy, bitte verlass die
Höhle."

„Bist du dir sicher?", fragte Jeremy.

„Ja, wir kommen hier klar. Danke, Kumpel."

Jeremy nickte und zog sich zurück.

Sofort schien es etwas heller zu werden und ein Gefühl von Hoffnung machte sich in Aimée breit. Auch
die wutverzerrten Gesichter der Kämpfer schienen sich
etwas zu entspannen.

„Und nun gebt Aimée heraus!", rief Cyrus.

„Wenn ihr glaubt, wir würden mit euch verhandeln,
seid ihr wirklich armselig", verhöhnte Arik die Dämonen, doch sein Lachen erstarb in seiner Kehle.

Mit einem überirdischen Schein leuchtete in diesem
Moment der Boden auf und ein riesiger Dämon, Chris
und ein Dutzend Kampfdämonen in Rüstungen mate-
rialisierten sich in der Höhle.

***

„Ferox", keuchte der Engelsführer.

„Arik!", donnerte die dunkle Stimme von Ferox, ein
Mitglied des hohen Rates, zur Antwort. Er hatte eine
imposante Statur und seinen Kopf schmückten riesige
Widderhörner. „Wir wissen, was du vorhast. Der Rat
kann dein Vorhaben, das eine Schieflage des Gleich-

gewichts zwischen Engeln und Dämonen in dieser Welt auslösen würde, nicht dulden. Ich denke, du wirst einsehen, dass du angesichts der Kampfstärke meiner Männer keine Chance hast. Du solltest uns das Mädchen besser aushändigen und mit deinen Engeln verschwinden. Ansonsten werden wir mit dir kurzen Prozess machen!"

Arik funkelte wütend den Feroxdämon an, dann bedeutete er Nathan, Aimée loszulassen. Sie stolperte Cyrus entgegen und fiel ihm in die Arme. Er fing sie auf und drückte sie fest an sich.

„Und jetzt verschwindet", forderte Ferox.

Arik nickte hochmütig. „Für den Moment weichen wir der Übermacht. Aber nicht, ohne eine Kleinigkeit zu bereinigen." Er ging zu Nathan und nahm ihm den Dolch aus der Hand, den dieser noch immer hielt. Mit eisigen Augen schaute er Nathan Cobham an. „Ich bin dir noch deinen Lohn schuldig."

Nathan bekam große Augen. Als sich Sekunden später der Dolch in sein Herz bohrte, verstand er. „Du hast versagt, elender Mensch", flüsterte er und dann verschwanden die Engel aus der Höhle, während das Licht des Lebens in Nathans Augen erlosch.

***

Ferox wandte sich an die kleine Dämonengruppe. „Der Rat wird noch zu entscheiden haben, wie wir mit eurem Regelbruch umgehen werden. Es wäre eure Pflicht gewesen, den Rat über die Vorkommnisse in Kenntnis zu setzen. Hätte uns Christopherus nicht über seine letzte Vision und den Plan der Engel, die Dämonen dieser Dimension auszulöschen, informiert, hätte die Welt, wie wir sie kennen, in einen grausamen Krieg gestürzt werden können. Außerdem ist der Rat der Überzeugung, dass ihr" – und damit blickte er Aimée und Cyrus direkt an – „uns besonders über einen Regelverstoß hättet informieren müssen. Nun, es ist, wie es ist. Allerdings ist der Rat auch der Auffassung, dass ein Mädchen, das über die seltene Gabe der Energiebündelung verfügt, besser unter dem Schutz der Dämonen gestellt werden sollte. Damit sich eine Situation wie heute nicht wiederholt und doch noch feindliche Mächte von dieser Gabe profitieren können, wird durch den Obersten Rat angeordnet, dass Aimée bis auf Weiteres in der WG unter dem bewährten Schutz zu verbleiben hat. Sofern die junge Dame damit einverstanden ist." Ferox lächelte milde. Aimée strahlte und schmiegte sich enger an Cyrus.

***

Chris, George, Frederic, Cyrus und Aimée saßen zusammen in Cyrus' Zimmer. Cyrus' Schulter war frisch verbunden. Im anderen Arm hielt er Aimée.

„Wir haben es tatsächlich geschafft, eine Horde von Kampfengeln in ihre Schranken zu weisen", freute sich George und zog genüsslich an seiner Zigarre.

„Das sollten wir feiern!" Frederic grinste.

„Wie hast du es eigentlich geschafft, die Kampfengel in die Ecke zu drängen?", erkundigte sich George.

„Ich habe während des Kampfes zufällig herausgefunden, dass diese sogenannten Kampfengel eine höllische Angst davor haben, von einem Dämon geküsst zu werden. Vor allem von einem männlichen Incubus." Frederic zwinkerte seinen Freunden zu.

„Also, ich habe überhaupt keine Angst, von einem Dämon geküsst zu werden ..." Aimée lächelte verführerisch Cyrus an. „Allerdings bevorzuge ich einen echten Amor. Sorry, Frederic." Aimée kuschelte sich an Cyrus.

„War ja klar", maulte Frederic gespielt.

„Kommt, Jungs, wir feiern besser allein in der Küche weiter", schlug Chris vor.

Die drei zogen sich taktvoll zurück, während Aimée und Cyrus dämonische Küsse austauschten.

EPILOG

Die rotgetigerte Katze lief durch die nächtlichen Straßen von London hinunter zum Themseufer. Die Lichter der Stadt funkelten auf dem schwarzen Wasser. Auf Samtpfoten balancierte sie über ein Geländer. Ihrem Fell haftete noch immer sein Geruch an. Sie setzte sich auf eine Mauer und putzte sich ausgiebig. Dann folgte sie für einige Zeit dem Verlauf des Flusses.

Schon bald wurde die Gegend finsterer. Sie hatte die Dockanlagen erreicht. Schnell bog sie in eine dunkle Gasse ein und bewegte sich fast lautlos voran, bis sie an eine leere Lagerhalle gelangte. Niemand war zu sehen. Die Katze spitzte die Ohren. Es war still. *Gut*, dachte sie sich. Anscheinend hatte niemand ihre Abwesenheit bemerkt.

Sie schlich nahe der Wand entlang, bis sie zu einem zerbrochenen Fenster kam. Mit einem Satz sprang sie hinauf und auf der anderen Seite elegant hinunter. Als sie unten auf allen vieren landete, umwehte ein leichter Wind ihren geschmeidigen Körper. Für einen Moment blieb sie unbeweglich in der leeren Halle stehen. Der Luftwirbel nahm für Sekunden zu und als er sich legte, hockte auf dem kalten Betonboden eine zierliche, nackte Frau. Sie stand auf und strich mit einer Hand ihre langen, feuerroten Locken aus dem Gesicht. Mit katzenartiger Geschmeidigkeit ging sie durch die Halle, als plötzlich ein Mann aus dem Schatten eines Betonpfeilers trat.

„Wo bist du gewesen, Keira?"

COCKTAIL SEXY INCUBUS

- 50 ml Havanna Club Rum
- Frischer Ingwer
- Chiliflocken nach Geschmack
- 1 Teil Mandarinensaft
- 2 Teile frisch gepresster Orangensaft
- Zerstoßenes Eis
- 1 Löffel Rohzucker

Ggf. eine Cocktailkirsche in einer Zucker- und Chiliflockenmischung wenden.

Die Mengenangaben sollten je nach Geschmack dosiert werden. Frischen Ingwer fein zerkleinern (mit Hilfe eines Pürierstabs oder Ähnlichem), mit Mandarinensaft und frisch gepresstem Orangensaft im Mixer vermischen.

Rohrzucker und Rum in ein Glas geben. Gut vermischen, mit zerstoßenem Eis und zuletzt mit dem gemixten Saft auffüllen. Oben auf den Drink Chiliflocken aus der Mühle geben. Mit Cocktailkirsche dekorieren. Fertig zum Verführen. :)